張愛玲

斯夏松

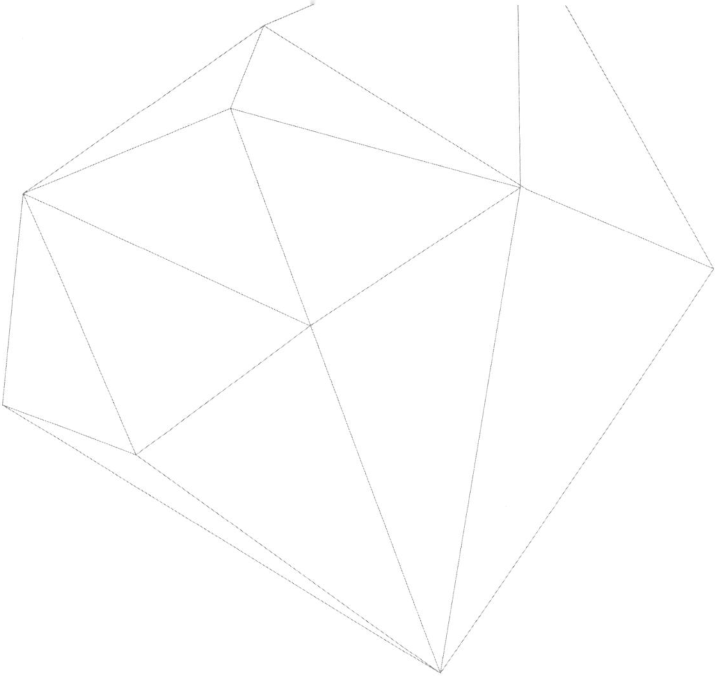

以我之名

——寫給獨一無二的自己

張曼娟

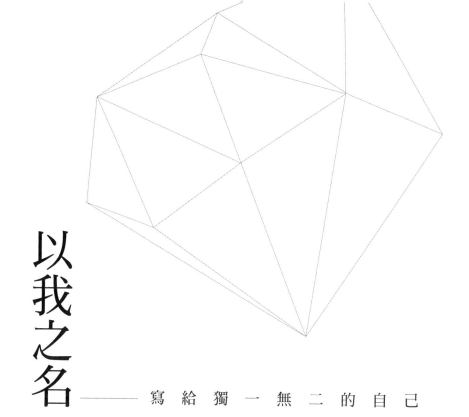

以我之名

自序

以我之名——寫給獨一無二的自己

聖誕節甫過，陪伴父親去醫院回診，剛動完手術出院的他，緊緊握住我的手。我們過了馬路，坐上計程車，來到社區醫院，讓父親坐上輪椅，推著他前行。我背著雙肩背包，深吸一口氣，抬頭挺胸，步伐穩定從容。這是四年多的照顧生活鍛鍊的結果，不再緊張促迫、手足無措，我學會安撫父母，也安撫自己。

醫院大廳裝飾閃亮的聖誕樹很漂亮，我默默數著：「一、二、三、四、五。」這是成為照顧者以來，看見的第五次聖誕樹呢，感到被鼓舞。

自從照顧者的身分變得鮮明，便有來自四面八方的邀約，其中一家媒體的採訪邀約，令人印象最深刻。「我們除了訪問還要拍一些照片或是影片，像是陪爸爸去醫院，或是爸爸躺在病床上，握著爸爸的手。反正就是那些照顧的細節，都要拍起來，看起來才會有真實感。」記者亢奮的說著，幾乎可以感覺到他的眉飛色舞。

一定要把自己的照顧細節展現在世人面前，才會有真實感嗎？做為一個照顧者，不需要他人認同或肯定，更不是一場表演。我婉拒了這樣的邀約，照顧者有時候需要的是尊重與理解。

陪父親回診之後，返回工作崗位，而後在臉書粉絲團看見一則留言：「剛剛看到你牽著父親慢慢的過馬路，畫面很感人。」

不必特別演出，這就是照顧者最真實的日常，而我只是千千萬萬個照顧者其中之一，重複做著千千萬萬照顧者都在做的事。如此而已。

曾有讀者對我說，在《我輩中人》裡講到照顧的故事，讓她和朋友特別有感覺，因為他們都是孤獨的照顧者，終於有人可以觸碰到那些難以言說的心情和處境，讓他們感覺被療癒了。

「可以出一本專門談照顧的書嗎？」她這樣問。

其實，照顧這件事從來都不專門，不僅是照料著老病的身軀，還有照顧者與被照顧者的一切關係——過往的糾結、愛與關懷、冷遇和失落，錯綜複雜。

被照顧者深埋在歲月裡的那許多過往，都沉積在深黝不見底的心靈中，有時竟成為吞噬一切的黑洞，將照顧者也吞噬進去。這才是照顧路途上最沉重的負擔。

照顧者要有多大的能量，才能把自己超拔而出，不被漩渦捲進黑洞，並且還能將被照顧者拉出來，安置在光亮與溫暖的所在？這樣的能量從何而來？

原來，還是得從自己內在生出來，一種「大人」的能量。

大人與年齡無關，而是自我塑造的目標。成為一個有擔當、願意付出、不忮不求的人，珍惜所有，知足常樂。所謂的大人，也許和孔子推崇的「君子」類似。

「老師，當君子好像很可憐，只能做好事，想要任性一下都不行，當小人比較開心吧。」小學堂的孩子，有時候會這樣問。

「君子坦蕩蕩，小人長戚戚。」做為一個君子，內心坦然開闊，待人接物都沒有罣礙，彷彿永遠是晴天。做為一個小人，則是悽悽惶惶，成天像丟了東西一樣不安，彷彿永遠是陰天。簡而言之，君子活在善意的世界；小人活在惡意的世界。到底誰比較可憐？誰比較開心呢？

《論語》記載了這樣一則故事，說的是孔子周遊列國時，曾經在陳國落難絕糧，跟隨他的弟子又餓又病，爬都爬不起來。一向魯莽的子路忍不住當面質問老師：「君子亦有窮乎？」做為一個君子，也會有如此窮困潦倒的境遇嗎？

孔子是怎麼回答的呢？在他瀕臨死亡的時刻，如何面對自己的人生？做為一個不苟且、不違心的君子，真的沒有遺憾嗎？

孔子用虛弱而堅定的語氣對子路說：「君子固窮，小人窮斯濫矣。」

君子在困頓的時刻，仍然能固守自己的本心；小人遇見不如意，就會生出許多負面念頭，氾濫成災。

那一年孔子六十三歲，他對於成為君子這件事，從來沒有懷疑，也沒有遺憾。並不是多麼高的道德標準，只是從心所欲而不踰矩，只是與人為善，達觀謙和，當一個快樂的大人。

中年以後，遇見人生的困頓，或是承擔起照顧的責任，也都能清楚記得自己的本心，無憂無懼。

「我的身邊只有崩壞的成人，沒有一個像樣的『大人』，我要怎樣才能長成一個『大人』呢？」

「如果從來沒有被愛過，又該如何去愛人？」

在演講活動中，我常面對這樣的問題，一次又一次。也許有人聽見的是「沒有一個像樣的大人」、「從來沒有被愛過」，我聽見的卻是「我要長成一個大人」和「我想去愛人」。不管我們曾經怎樣被對待、被傷害，長大以後，都有機會翻轉自己的命運，都會有著幸福的想望。

我遇見過一個從事藝術工作的男人，從幼年到童年，遭到一群成年人的惡待，那是我們無法想像的恐怖與毀壞，而他的家人並沒有譴責或控訴，他們默許了那些暴行。小男孩長大了，他奮力掙脫噩運，與過往正面對決；雖然沒有人為他討回公道，將加害人繩之以法，他卻不再恐懼，也不再自責了。他知道自己沒有錯，那些人毀了他的前半生，不能再毀掉他的後半生。

「你是怎麼活下來的？」我問。

他沉吟片刻，輕聲回答：「我還是遇到過，一些好人；還是發生了，一些好事，我就是靠著這些，活下來的。」

他說話的速度很慢，有點遲緩。因此，每個字都那麼深重的敲在我心上。

不只是他，我相信許多人都是踏著破碎的自己，慢慢長大的。都是靠著荒涼人世間，偶然相遇的溫情與善意，勇敢走過來的。

我們若不曾被敲碎，是否就該成為那一抹暖色、一腔熱情與一貫的溫愛？伸出雙手，牢牢接住在絕望中不斷墜落的人。

不曾被愛過的人，又該如何去愛呢？人生是一場學習，愛也是。

如果我們能學習數學、天文、地理、歷史、化學、語文、哲學、藝術、音樂，為什麼不能學習愛？

沒有被愛過，所以不能好好愛，在我看來只是藉口，因為我們都不能改變過去，卻可以決定未來。

我們可以好好愛，可以好好過生活，可以成為自己想成為的那種人。

人生上半場，承擔了太多不屬於自己的意志——以父之名、以母之名、以家族之名——我們不知不覺失去了自己的意志。

失去自我意志的人生，充滿困惑，於是，學會了推託、尋找藉口，最終成為得過且過的中年人、怨天尤人的老年人。我們不知道每個人的存在都有貴重的意義；我們與自己非常疏遠陌生；我們以為別人追求的就是自己的想望。許多努力都顯得徒勞；許多關係都可有可無，回首人生，只剩下虛無感傷。我們就這樣浪費了人生，虛擲了情感。

背棄了最珍貴的，獨一無二的自己。

做為一個大人，應該以我之名，為自己做決定；承擔責任；享受生而為人的快樂。與久違的自己重逢，感謝自己受過的傷、流過的淚、堅持的夢想。

《以我之名》不只是一本照顧者之書，也不只是中年之書，而是寫給自己的書。
當我們召喚自己，一起踏上未來之途，才真正擁有了永恆的靈魂伴侶。

目次 contents

自序——以我之名
寫給獨一無二的自己……004

壹——成為自己的旅程

01 我就是這樣的人……016
02 女人的姓氏……025
03 仙女藏起她的羽衣……032
04 學會原諒自己……044
05 大人的保護者……056
06 好年節，年浩劫……064
07 幸福自己給得起……072
08 我的單身小事……082
09 天上白雲飄蕩，我的少女時代……096
10 不斷向前的列車……106

貳——照顧者的初衷

01 孤零零的站牌 118
02 疊疊樂樂園 125
03 牽著媽媽去上學 132
04 照顧者內心的曲折 140
05 看似不重要的小事 157

叁——輕安自在做大人

01 大人的雋永 172
02 氣派的大人 183
03 世上只有兩件事 192
04 別人是天堂 196
05 快樂一半，憂傷一半 204
06 人生難得自主時 210
07 孩子不是我們的未來，老才是 220
08 接住正在墜落的人 232

壹

／

成為自己的旅程

可以沉潛，可以高飛；
快樂有時，悲傷有時；
這就是最真實的我。
「成就自己」的人生，
才能自給自足，豐盈飽滿。

我就是這樣的人

我是一只陶碗

下班後走進夜市覓食，隨著人潮來到露天鐵板燒，那是個物美價廉的攤子，顧客圍著鐵板環坐，幾位廚師在鐵板上現炒。兩樣分量不少的蔬菜，主菜通常是肉類或海鮮，白飯、飲料和熱湯是無限量供應的，這樣一個套餐只要一百多元。如果想吃得豐盛些，就點兩百多元的全餐，會再加上魚、蝦、香菇和豆腐，滋味都挺不錯。對我來說，這也就是夜市裡的桌邊服務了，色香味俱全，忙碌一天之後的最佳選擇。

那天我又來到露天鐵板燒，看著面前堆積如山的高麗菜，在廚師翻炒之下漸漸軟化，蒜香撲鼻，當我伸出筷子準備大快朵頤時，突然有個男人過來與我熱情打招呼，原來是曾合作辦活動的一位主任。

寒暄之後，他笑著說：

「沒想到竟然會在這裡遇見老師，老師也來吃鐵板燒喔？」

「我常來啊，還滿喜歡的。」

他再度驚訝的說：「真是想不到啊。」

當他離去之後，我專心享用著晚餐，突然想到，其實，常常聽見不期而遇的讀者用驚訝的口吻，對於我出現的場合，或是我做的事，發出「真沒想到，原來你是這樣……」的驚呼。

到底大家所想像的我是怎麼樣的呢？

做為一個女教授與女作家，應該要離群索居？或是氣質優雅？

「原來，你不是不食人間煙火的。」不食人間煙火的人怎能成為作家？不僅要紮實的活在人間，還應該要熱愛煙火吧。

「但是，你也太沒有『偶包』了。」相識不久卻聊得很投契的朋友這樣對我說。

或許因為我從沒有把自己當成偶像吧，世上要承擔的重量已經夠多了，何苦再去背上偶像的包袱？

背著偶像包袱的人，在意的是別人看待他的眼光，而我確實愈來愈不在意別人的眼光，我在意的是自己的感受。我不需要獲得別人的肯定或讚許，才能確認自己的價值。我知道自己的優點，也知道自己的弱點，甚至不再閃躲，勇敢面對。

誠實，對自己與他人誠實，使我更無所畏懼。

三十幾年前出版第一本書《海水正藍》，創下令人意外的暢銷佳績，於是好幾家出版社都來邀書，其中有一家是專門出版純文學書籍的金字招牌，他們的社長打電話邀稿時對我說：

「不管你的書賣得有多好，如果沒在我們這裡出書，就永遠進不了文學史，成不了真正的作家。」

聽到「真正的作家」，反而令我疑惑，什麼是「真正的」？由誰來定義？如果我無法成為真正的作家，卻能一直不斷的創作，那我又算什麼？考慮之後，我婉拒了金字招牌出版社。

也許，有些藝術家是以創作被博物館收藏的藝術品為使命，而我偏偏不是。我願意當一個工匠，為庶民大眾製作好用的食器，可能是溫厚樸實的陶碗。不管是老人或孩子，捧著我做的碗，吃起飯來特別香，感覺到生活真美好。這就是我想做的事，我就是這樣的人。

禪修與馬拉松

自從出版了《我輩中人》，標榜「做自己」或許是人生的一種解方之後，便有許多人熱衷與我談「做自己」這件事了。雖然做自己已經成為一種風潮，特別流行於年輕人之間，卻仍有很多中年人覺得做自己是不可靠的，是很困難的，甚至帶著傷害性，是自私自利的事。

「也許，先不要談做自己，能夠過著自在的生活也就好了。」這位中年的好好先生這樣說。

能夠自在過生活，當然是再好不過的事了，可是，如果不能說想說的話、不能做想做的事，又怎麼能夠自在呢？所謂的自在，不是以自己的感受為準則嗎？會不會也是建立在「做自己」的基礎上呢？然而，為了不讓別人覺得做自己的人總是以自我為中心，甚至是剛愎自用，所以，聽見好好先生說「不必做自己，只要過得自在就好。」時，我也就溫和的微笑點頭了。

如果真的能追求自在的生活，也就往自己更靠近了一些，那不是很好嗎？

某次與一群女性朋友餐敘，她們談起晚點才會趕到的貴婦 May，說她又是因為要去接老公下班所以遲到。其實老公下班可以自己回家，但她必須親自去接，回到家再確認管家已經料理好老公想吃的菜，才能出門聚餐。

「這樣生活真的很辛苦，如果是我肯定沒辦法。」其中一個朋友說。

「你還沒見過她老公在家請客的場面呢。每一樣食材的履歷；酒的產地和年分；餐具的質地和顏色，都要再三確認，而且她每次都興高采烈的，真的很投入啊。」另一個朋友這樣說。

我不免猜測，素未謀面的 May 是什麼樣的女性？主菜快要吃完時，May 終於來了，她的身材比想像中嬌小，踩一雙厚底涼鞋，衣著合宜，妝容細緻。先與每個人打招呼，連初次見面也熱情擁抱，而後才落座。她先將帶來的小禮物分給每位朋友後，才拿出《我輩中人》給我簽名。

她說，這是女兒送的生日禮物，因為兒女都長大離家了，怕媽媽陷入空巢期，所以送她這本書。

聊了幾句，又講到做自己，她說：「好像人人都應該做自己，可是我就是不想做自己啊，怎麼辦？」

她的聲音有種撒嬌的腔調，又帶著濃濃的笑意，「我就是喜歡討好別人。幫老公招待朋友；為公婆安排牌局；挑選禮物送給好朋友；以前還超愛幫孩子的老師牽紅線，我促成三對耶，到現在都沒離婚，有沒有厲害？」大家都笑起來，還有人鼓掌，說她真的很厲害。

「可是我不想做自己，這樣不行嗎？」她望著我，認真的問。

「你過得快樂嗎？」我問她。

「很快樂。」她回答。

有些人要與環境激烈對抗，才能做自己；有些人卻水到渠成，毫不費力就做了自己。「自己」從沒有一種固定典型：可以不討好別人，也可以討好別人；可以自我實現，也可以為他人奉獻。

因為體貼的個性，使得May喜歡為身邊的人張羅一切；旁人避之唯恐不及的事，對她來說卻是享受。從討好別人之中獲得快樂，也是做自己的方式，她一直在做自己，只是不知不覺罷了。

我微笑的對她說：「這樣很好啊。」

她疑惑的看著我。

「真的，只要覺得快樂，就很好。」我真誠的對她說。

同時，我想起那位作家朋友，我們的年紀差不多，我已經過著半退休的生活，她卻仍積極的經營著各種生意；考上許多證照；念完一個學位又一個；參加沙漠裡的馬拉松，跑到趾甲都掀起來。也許很多人會問她：「你什麼都不缺了，幹嘛還要這麼拚命？」我也曾經想過，如此努力到自討苦吃的地步，到底是想要證明什麼呢？

漸漸與她熟識些，才明白她並不是想證明什麼，也不是因為欠缺與匱乏，她只是想要打亮自己的人生、挑戰極限而已。

「為什麼人到中年就要禪修？我不想禪修，我就是想不斷的自我挑戰。不行嗎？」她問。

為什麼不行呢？人生是自己的，到了中年，想禪修就禪修，想跑馬拉松就跑馬拉松，何必在意與眾不同？

女人的姓氏

發現母親忘記自己名字怎麼寫的那一天，我真的陷入前所未有的驚惶裡。然而，沒有可以求援的對象，也沒有軟弱時的倚靠，也就迅速堅強起來，開始思考能夠做些什麼。

首先，找到一枝好寫的筆，接著就去買小學生用的生字練習簿，讓母親每天練習寫字。剛開始，她連拿筆都那麼吃力，前一年發生的小中風壓迫到視神經，損害了視力，加上無法控制的手抖，她好幾次想要放棄。我就像哄小孩那樣的哄著母親，稱讚她的字寫得好整齊，鼓勵她寫完一行再多寫一行，先從簡單的字開始，像是「山水日月」、「生日快樂」、「春夏秋冬」……我先把字寫在每一行的最上面一格，再讓母親一筆一畫照著寫，彷彿她是我初初學寫字的孩子。

有時候，她寫著寫著就寫成了隔壁一行的字，有時候會突然創造出新的字，我總是對她說：「沒關係喔，你已經寫得很好了，今天比昨天更好，真是太棒了。」我是個永遠不會發火、永遠不失去耐心的「家長」。

這樣的書寫持續了一段時間，我便寫下她的名字，讓她練習。那一天，我下班回家，印籍看護阿妮告訴我：「奶奶說她不要寫這個名字，這不是她的名字。」母親鬧鬧小彆扭已經是家常便飯了，我拿著生字簿到她面前問她：「怎麼不練習自己的名字？是不是太難寫啦？」母親的名字是「鄭鳳蓮」，這三個字確實不太好寫。母親看著生字簿又看著我，她說：「我叫張鄭鳳蓮。」

我笑起來，對她說：「我們只要寫三個字，不是很好嗎？」

「不好。大家都知道我是張鄭鳳蓮，沒人知道鄭鳳蓮是誰。」

就在那一刻，我恍然明白了，母親冠夫姓已有六十年，她只認識冠夫姓的自己；去掉丈夫的姓氏，她根本不知道自己是誰了。

我默默走回桌邊，拿起筆重新寫下「張鄭鳳蓮」四個字，對母親來說，這才是完整的她。哪怕八十四歲的她已經罹患失智症，常常陷在時間與空間的迷障中，也漸漸無法知曉自己吃過飯了沒有，卻還那麼清楚的記得她是妻子，與丈夫是密不可分的。記得，並且執著。

三十幾年前，好友結婚之後搬到了東部居住，在沒有手機與網路的年代，我們依舊用通信的方式保持聯絡。當她在陌生的城鎮安頓下來，便寫了信給我報平安，我也寫信給她，並在信封上寫下了她的夫姓。

她回信告訴我新的生活，說後院的芒果樹結了許多果實，最後的P.S.寫道：「我比較喜歡自己的姓，別再幫我冠夫姓嘍。」我忍不住笑了，意識到時代已經不同，從那以後，我再也沒有為任何一位已婚女性朋友冠夫姓了。我知道，她們覺得自己已經完整，不需要因為婚姻或丈夫，而添加新的姓氏。

一九九七年，我到香港中文大學任教，初來乍到，有很多的不適應和焦慮，因為諸多待辦手續，我常常得和行政人員交涉，有位年齡與我相仿的祕書，給了我很多表格，我幾乎每天都在和那些英文表格奮戰。而更加困擾的卻是祕書對我的態度，雖然每次見面我總是用生硬的廣東話跟她問好，每天「唔該」（不好意思）、「唔該」的，她還是沒給我好臉色。

有一次，研究助理陪我去辦事，走出來的時候她說：「唉呀，老師啊，怪不得她都跟人家說你不尊重她，你怎麼叫她吳小姐？應該叫她陳太啊！」香港職業婦女依然冠夫姓，並以夫姓為榮。這件事讓我感到驚奇，這才恍然大悟，原來自己如此失禮。從那以後，我每次見她都熱烈招呼：「陳太你好。」她終於展露燦爛的笑顏。

前些年我在大學教書時，遇見一對班對，他們相戀十幾年，歷經許多考驗，終於舉辦了浪漫美麗的婚禮。我很榮幸的擔任證婚人，眼看著他們的成長，分享著他們的人生故事，感覺就像是家人一般親近。參加婚禮不久我出了新書，新娘照例會買書，表示支持；我也總會簽名贈書，表達我們的情感深厚。要題名的時候，我稍稍想了一下，以往都是簽給新娘一個人的，可是他們現在是夫妻，如果不題上新郎的名字，就好像是兩人迎面而來，我只跟一個人打招呼，卻忽略另一個，很怕自己又失禮了，於是，我題上了他們倆的名字。

新娘看見題辭，微微蹙了蹙眉，欲言又止，沉吟了半天才說：「老師，以後可以簽我一個人的名字嗎？我想擁有自己的藏書，像以前一樣。」說真的，這樣的要求有什麼不應該嗎？為什麼結了婚之後，就要與丈夫分享自己的一切？我的心中是理解的，也是讚許的，卻還是留意了站在一旁的新郎的表情。如果在過去，丈夫聽到妻子說這樣的話，絕大部分都會很不開心吧？而這個丈夫只是像平常那樣的微笑著。我想，這就是為什麼他們可以成為夫妻——妻子想要保持自身的完整，而丈夫願意幫助妻子成為她自己，做為一種愛的宣示。

八十四歲的我的母親，那樣需要丈夫的姓氏做為標記；三十二歲的我的學生，保全的不只是姓氏，更是一個完整的自己。

仙女藏起她的羽衣

如果你是女孩

流行音樂教母瑪丹娜，在二〇一六年獲得了告示牌排行榜年度女聲（Billboard Women in Music）「年度最佳女藝人獎」，並發表一段犀利而動人的演講，談到了長久以來的性別差異、對女性的歧視、女性的年老被視為一種罪惡等等現況。其中有一段話是這樣說的：

「如果你是女孩，就必須遵守規則，你可以漂亮、可愛、性感，但千萬不要太聰明，更不要有自己的觀點。至少不要有不符合社會標準的觀點。」

在場許多女性藝人專注的傾身聆聽，聆聽時眼中有淚，「如果你是女孩」，變成了一句悲傷的話。

致詞時的瑪丹娜已經五十八歲了，她走過的歲月、經歷過的人生起伏，使得她說出的每句話都那樣穿透人心，深具說服力。場內女性掌聲熱烈，卻有幾個人是不鼓掌的，他們是灰白頭髮、面無表情、西裝革履、正襟危坐（如坐針氈？）的中老年男性。

「如果你是女孩」，這本來應該是一句美好的、充滿祝福的話。因為女孩有機會成為母親，成為兒女靈魂的塑造者；可以給予很多愛，也得到很多愛。女孩可以用她敏銳的觀察、善感的同理心、細膩的表達力，成就自己為卓越人士。

然而，當女孩們從小到大聽見許多類似這樣的話：「真可惜你是個女孩」、「還不是因為你是個女孩」、「是個女孩就要認命」、「你為什麼不像個女孩的樣子」……於是，「如果你是女孩」就成為一種遺憾或阻礙了。我們聽過多少已經小有成就的女性嘆息著說：「如果我是男人就好了。」

《決勝女王》（*Molly's Game*）是真人實事改編的電影，女主角莫莉曾是奧運滑雪得獎選手，意外受傷後放棄了法學院課業，投身私人賭場的經營，專玩撲克牌。她的客人全都是來頭不小的男性，賭桌上的輸贏，一晚能高達幾百萬美金。莫莉經營的當然不是合法生意，但她堅持保守所有客人的八卦與祕密，直到她關閉賭場兩年後，聯邦調查局為了調查黑道犯罪案件，對她展開訊問。

面對這樣一位三十出頭、面容與身材都姣好的女性，調查員總是要問這樣的問題：「有性交易嗎？你跟他們上床嗎？」

沒有、沒有、沒有。

莫莉一次又一次的堅定回答，到後來我都忍不住想笑了。她經手的是如此巨大的款項，操控著這些極有權力的男人，如果沒有洞悉人性的能力和極其聰慧的頭腦，怎麼可能做到？調查員與她之前的合夥人卻只把一切都想成是性的交換，如此而已。

如果莫莉是男人，他們會不會一再追問：「有性交易嗎？你跟他們上床嗎？」想到這裡，我無法遏止的大笑了。

偽裝成小學老師

東京大學名譽教授上野千鶴子曾經出版《厭女：日本的女性嫌惡》，這本書備受矚目，讀著這本書時，身在台灣的女性可能會覺得慶幸，相較之下，我們的境遇要好得多了。然而，當我看了千鶴子在東大開學典禮上的演說稿全文，提到男生、女生對於「優秀」的自我感受迥然不同，卻覺得心有戚戚焉。

千鶴子提到，聯誼的時候，東大男生特別受歡迎，因為他的學歷代表他的才能。而東大女生卻盡可能掩飾自己是東大學生的事實，為的是怕男方退縮；也就是說，在許多時候，女人必須要隱藏自己的才能與光芒，才不會帶來威脅，才能受人喜愛。

三十幾年前，我考上了中文研究所碩士班，班上共有十位同學，只有兩位是男生，其他八位都是女生。我們和教授一起吃飯時，聽見教授們憂心忡忡的說：

「這一屆博士班恐怕又是陰盛陽衰了，該怎麼辦才好呢？」

「要不要考慮保留男性名額？」

「問題是，男生根本不想念博士班，保留有什麼意義？」最後教授們環視著我們這些女生，嘆了一口氣，「你們真的都很優秀，可惜不是男生。」

當然，這些教授都是男性。

在那樣的餐桌上，我們是沒有什麼發言權的，通常能跟教授們聊天對話的都是男性學長。我只好怒喝一碗酸辣湯。

然而，我算是很幸運的，出了書，取得博士學位，還能進入大學教書，成為副教授。轉眼過了三十歲，仍舊單身。

有位商學院女教授對我說：「你應該先把終身大事定下來再念博士班，像我就是碩士畢業馬上結婚，因為我老公也是碩士，他可以接受。我懷孕了才去考博士班，考上之後我老公很傻眼。可是，後悔也來不及啦。」

我雖然點著頭聆聽，卻有一個聲音從心中響起：「為什麼要後悔？妻子力爭上游，對丈夫來說是一個污點嗎？」

到了三十幾歲依然單身，有些長輩看不下去，開始幫我媒合相親，最經典的，是曾經當選過模範母親的鄰居阿姨，特別到家裡來給我看了幾張男性相片，然後語重心長的對我說：

「我跟他們說你是老師，他們都想跟你碰碰面。可是，我沒說你是大學老師喔。我覺得啊，為了你好，見面的時候，就不要提你在大學教書的事了。如果他們一直問，就說你是小學老師吧。」

我當場愣住了，什麼話也說不出來。如果我是一個男性，相親的時候，需要偽裝成小學老師嗎？經歷了一定程度的努力與奮鬥，才能成為大學教師，為什麼反而要掩飾隱藏？

多年以後，每當有人問我為什麼沒有結婚？我只能微笑。

多年以來，我也發現許多有能力飛翔的女性，都隱藏起自己的翅膀過日子，就像是仙女藏起了她們的羽衣。

踩住自己的影子

在避過《七月與安生》的觀影熱潮之後，我終於看了這部電影。七月與安生這兩個女孩相遇在十三歲，正是懵懂的年紀；對世界的摸索、對自己的認識，都在一知半解間。看似性格不同的兩個女孩，長出自己也長成對方，其實在不自覺中是糅合在一起的。

七月有完整的家庭，父母對獨生女兒呵護有加，七月也就沒膽量做出讓父母擔心的事。她乖巧、柔順、善解人意。安生沒有父母的照顧，她倔強、叛逆、古靈精怪。事實上，這兩個女孩都在「裝」。七月不敢做的事，安生做了；安生沒有的細膩心思，七月俱足了，如果她們不「裝」，老老實實做自己，會不會活得自在快樂許多？

問題是，她們為什麼要「裝」？千千萬萬的女生為什麼要「裝」？就在我們身邊，肯定能找到一、兩個愛「裝」的女生——說不定我們自己就是。

當我年輕時，大家都說女生留長髮才有女人味，才有無限魅力，電影裡的女主角都是飄逸長髮，楚楚動人的。於是，不管髮質如何、臉型是否合適，年輕女生清一色的留起長髮來。

有個朋友很不喜歡留長髮，因為天生鬈髮，留長了顯得更加蓬鬆。母親對她說：「你要忍耐，等找到男朋友、結婚以後，愛剪多短就剪多短。」她果然忍耐到結了婚，度完蜜月回來就剪了短髮，原本提心吊膽，不知老公會有什麼反應，沒想到老公看著她說：

「度完蜜月怎麼變美了？看起來神清氣爽啊。」

「我剪短頭髮了。」朋友說。

老公露出疑惑的表情，「你之前頭髮很長嗎？」聽見朋友分享這樁「變髮」事件，我們幾個女性朋友笑到不行。

七月與安生爆發最激烈爭吵時，七月說了句決絕的話：「根本沒有人愛你。」這其實是她自己的恐懼吧——如果不裝，就沒有人愛我。

要是七月知道自己最真實的樣子，就是最值得愛的樣子，也許就不用苦苦假裝了。人只能活一次，一直裝成另一個人，什麼時候才能做自己？

七月與安生最大的悲劇就是愛上同一個男人家明，家明原是七月的男友，卻情不自禁的愛上安生。許多觀眾都罵家明是「渣男」，在我看來，他只是想要愛一個比較完整真實的女人罷了。沒有偽裝，愛恨分明的真實。

太多女人都習慣了裝成另一個人，於是，看見我行我素、自我完成的女人，便覺得礙眼，甚至視為異類。

電影裡有句對白：「只要踩住對方的影子，就可以永遠不分開。」不必去踩住任何人的影子，不必裝成其他人。其實，我們踩住的影子是自己，永遠不分開的也是自己。

學會原諒自己

凝視著微弱的燭火

一直以來都是我帶母親去醫院的，在她確診為失智症的九個月後，在神經外科的診間裡，醫師隨意問起：「今天陪你來的是誰啊？」

母親緩緩的回答：「是我女兒。」

「女兒叫什麼名字啊？」醫師又問。

母親鎖緊眉頭，沒有回答，她的身體微微往後。醫師再問一次，母親很為難的抬頭看著我，她的雙眼茫然，「我不知道。」

醫師的眼光從電腦屏幕上移開，看著母親，而後望向我，我感覺到心跳漏了一拍。

「好，沒關係喔。那你知道自己叫什麼名字嗎？」

母親遲疑半晌，說出了自己的名字，醫師將一張紙和一枝筆推向母親，問她可以寫下自己的名字嗎？

母親拿起筆，她的手微微顫抖，片刻之後，轉頭望向站在旁邊的我，眼睛裡有著呼求：「我的名字怎麼寫啊？我不記得了。」

瞬間，診間裡空氣稀薄，我覺得非常缺氧，無法呼吸。

醫師一邊安慰母親說，沒關係沒關係，一邊輕聲對我說：「怎麼退化得這麼快？」

我領著母親走出診間，她不再是我的母親，倒像是第一次出門的小女孩，分不清東南西北，緊緊牽著我的手，一點也不願放開。

「怎麼退化得這麼快？」當我排隊領藥的時候聽見這句話；「怎麼退化得這麼快？」當我和母親坐上計程車回家時聽見這句話。

我將母親交代給外籍看護，而後出門工作，像平常一樣推開辦公室的玻璃門，夥伴們關心的問起今天回診的狀況，我說：「我媽忘記了我的名字，也不會寫自己的名字了。」

夥伴們驚奇的問：「啊！怎麼會這樣？」

「怎麼會這樣？」「怎麼退化得這麼快？」我又聽見這句話如雷爆響。「一定是我沒把她照顧好！」伴隨著這句話的，是我倏然迸發的悲傷情緒，忍不住痛哭失聲。

自從父親的思覺失調漸漸康復，還沒能喘一口氣，母親便確診為水腦症，伴隨而來的失智已經明顯影響了我們的生活。從醫師做完檢查，宣告病況，到母親種種脫序舉動，我都告訴自己要堅強，除了我之外，他們再無倚靠，如果我也撐不下去了，他們該怎麼辦呢？所以，我一直撐住，從沒為母親的失智掉過一滴淚，悲傷是沒有用的，軟弱也是沒有用的，淚水並無意義。

可是在那一刻，我的武裝瓦解了。不管付出多少努力，不管放棄多少自己，原來都是枉費？我還要怎麼做，才能阻止這無可奈何的陷落呢？

我知道長照者在打的是一場沒有勝利者的戰爭，我只是以為自己不會潰敗得這麼快。我只是拿著一根蠟燭，站在漆黑的暗夜，以為可以照亮整個世界；又或者我專注凝視著微弱的燭火，便以為看到了光亮，卻忽略了那無邊無際的黑。

此刻，一陣風來，吹熄了蠟燭，我覺得寒冷、孤獨、絕望與愧疚。

終於哭出來了。淚水沖洗著我因為逞強而日漸乾涸的心靈，讓我意識到自己就算盡力了，還是有無法改變的事，每天都在發生。一直那麼費力的撐住，只是讓我的身體與心靈變得僵硬。

當我拭去淚水，眼前的世界好像變得澄澈了，我決定停止譴責自己，因為我知道，就算再堅強也無法改變自己的軟弱，我的痛苦是因為不能接受既定的現實——這樣的母親與這樣的自己。

日子還得繼續，每一天都是新的挑戰，我要學會原諒自己，才能與自己並肩同行。

「一無是處」的標籤

愧疚感是一種多麼熟悉的感覺啊。從小到大，與我並肩同行的就是愧疚感。

小時候，我的學業成績是家族孩子中最差的，雖然父母親費盡心思給我找老師補習，但我總是拖拖拉拉，什麼事也做不好。我常常看著窗外的雲朵與飛鳥、池塘裡的浮萍和蝌蚪，或是沉浸在帶我去到另一個世界的故事書。我是個安靜的、專注力不足的孩子。小學時還能魚目混珠，到了國中，數理成績不及格，文史也只是勉強達到均標，「一無是處」成了我的標籤，注定將在聯考戰場上被淘汰。

戰亂離家、孤單飄零、靠自己胼手胝足創建家庭的父親，看著我的表情總是憂心忡忡，有時候會忽然嘆一口氣。他常常說自己的學歷太低，在職場上付出那麼多，卻得不到上級的肯定與賞識，他唯一的希望就是我們這一代好好讀書，別再重蹈覆轍。偏偏，我就是無法好好讀書。

母親童年時漂流到台灣，好不容易長大成人，當了護士，甚至掌管了醫院藥房，卻在結婚生子後，為了照顧兩個孩子，離開了醫院，離開了她十分喜歡也能發揮得很好的工作。為了幫助家計，她開始了家庭育嬰，白天晚上都不能好好休息，哺育照顧著嬰幼兒。父親下班之後還得買菜回家下廚，為我們料理餐食，夜裡也要分擔母親的照護工作。

我知道父母親已經傾盡所有，給予我們最好的，他們沒有休閒、沒有娛樂，付出的遠比應該做的多更多，可是，我的成績依舊沒有起色。

理所當然，我在高中聯考落敗，不要說摸不到門兒，根本連方向在哪兒都沒看見。考不上高中，也不想再次承受落榜的壓力，於是，我要求去念永遠不用再升學的五專。

念五專敲開了我生命的窗戶，讓陽光透進來。同學們都很會玩，喜愛打扮，抱著吉他三三兩兩聚在一起唱歌。我可以整天讀小說；可以看著窗外山坡上的野百合發呆；可以去二輪電影院看完一部電影再看一部；可以和同學走過吊橋，躺在空軍公墓的綠色草地上午睡，想像著死亡是怎麼回事。我覺得自己終於成長了，觸摸到世界，並且覺知到快樂是怎麼回事。

念五專的某一天，父親對我說：「我看著別的同事，能為兒女申請獎學金，覺得好羨慕。在申請學費補助的時候，別人都把兒女的成績單拿出來炫耀，我只能把你的成績單藏在抽屜裡，怕被人家看到。」他深深重重的嘆了一口氣，問我：「什麼時候，能讓老爸也炫耀一次？」我沒有回答，因為覺得這一天永遠也不會來，有什麼好說的？除了愧疚，還有深深的抱歉。

同時我也發現，快樂與痛苦，原來是可以同時存在的。或許，這就是我的生存之道；如果沒有快樂，要怎麼撐過那些痛苦呢？

眼淚的重量

許多年後，當我僥倖的走出自己的道路，完成了自己的人生，父母笑著慨嘆，「早知如此，當初何必那麼操心？」他們甚至會勸告其他家長，「孩子會走出自己的前途，放輕鬆一點。」

曾經有很多年，能夠榮耀父母的那些時刻，在我眼中看來，都只是「贖罪券」而已，只是稍稍消減內心的愧疚與罪惡而已。我沒能感受到喜悅或自豪，那張「一無是處」的標籤，仍存在我心中最深最暗的所在，無法移除。

直到成立了小學堂，遇見許多孩子與家長，我發現並不只是我的父母望子成龍、望女成鳳，原來，好多父母都對子女有著過高的期待。

那一年，五年級的小緹來到小學堂，她比同齡的孩子高，頗有鶴立雞群的模樣。小緹的母親對我們說：「我是教授，她爸爸是醫生，我們家的基因很好的，所以，小緹的發育也很好。可是她沒長心眼，做什麼事都馬馬虎虎，請老師多給她一點壓力。」

我注意到小緹有寫不完的作業，下課時間總是鎖著眉頭振筆疾書，無法與同學說笑遊戲，她有時也會抬頭望著笑鬧的同學，甚至微笑起來，可是，老師邀請她一起參與，她便搖搖頭，繼續低頭寫作業。學期快結束時，她請了假去參加小提琴比賽，隔週來上課，我順口問一聲：「比賽順利嗎？」

小緹搖搖頭，看起來很落寞。我以為她沒有得到名次，便安慰她，「有沒有得名不重要，重要的是你已經很努力了啊。」

「我只得了第二名。」她小聲的說。

「第二名？那很棒啊。」我驚呼。

旁邊的老師和同學都圍攏過來恭喜她，嚷嚷著第二名真的很厲害。

「媽媽很生氣，她說，她說我沒有用心……」小緹的眼圈紅了。

「媽媽只是希望你表現得更好。」

「媽媽永遠覺得我不好！」小緹說出這一句，淚水撲簌簌掉下來，「不管我多努力，媽媽都不滿意。不管我做什麼，媽媽都不開心。都是我的錯！」

我感受到一顆顆淚水的重量，體會到她的痛苦。得到第二名的小緹，是個優秀的孩子，為了不能滿足父母的期待而落淚。我這個曾經總是倒數第二名的孩子，為什麼竟然能夠感同身受呢？

那一天，我擁抱了小緹，在她哭得顫抖的身體裡，彷彿擁抱的是自己。「你沒有錯，你已經盡力了。如果我有一個像你這樣的小孩，睡著了都會笑醒呢。」說這些話的時候，心裡清楚明白，這也是我想對自己說的話。

後來，在小學堂或演講活動中，遇見焦慮的家長對孩子失去耐心時，我總會把自己的故事說給他們聽，並且對他們說：「孩子會走出自己的前途。讓孩子知道，我們的愛永遠不會改變，就是送給孩子最好的禮物了。」

一次又一次的說著，我學會原諒自己，讓快樂取代痛苦。

大人的保護者

孩子突然放聲大哭，哭聲尖銳而淒厲，連在電話這一頭的我也感到震撼了。

正哭著和我講電話的朋友停住哭聲，我聽見她對女兒說：「你幹嘛？哭什麼啦？你帶弟弟去房間玩，讓媽咪講一下電話好不好？」

年僅四歲的女兒哭聲並不停歇，兩歲的兒子也扯開喉嚨加入，哭到嗆住，猛咳不已。

朋友只好跟我說：「兩個小

鬼真的很煩，我去處理一下喔，不好意思。」

掛電話前我匆匆對她說：「不要怪孩子，他們只是想保護你。」

朋友打電話來是為了抱怨，婆婆尖著眼睛挑她的錯處；小姑對她的教養方式諸多批評；弟媳婦事事都要和她比較，讓她喘不過氣。更惱人的是丈夫息事寧人、毫不體貼，她氣到忍無可忍，想要離婚。

種種委屈齊上心頭，她一邊說一邊泣不成聲。

原本在午睡的女兒醒來，發覺有異，去把弟弟搖醒，兩個孩子圍著媽媽，一會兒要吃點心，一會兒要玩遊戲，千方百計想要停止媽媽的哭泣和悲傷，直到無計可施時，終於放聲大哭。

孩子應該看了太多大人們的爭吵吧，他們感到恐懼、無助，還未社會化的小孩不懂得安慰、勸解，只能用最原始直覺的方式保護大人。這樣的純粹樸拙、用盡全力，常常撼動我。

朋友安撫了孩子之後，傳訊息給我：「女兒叫我以後不要打電話給你了，她說阿姨很凶，讓媽媽傷心。」訊息後面貼了一個哭笑不得的表情符號。

雖然受了冤枉，但我並不在意，被孩子討厭了也沒關係。孩子不能討厭爸爸、討厭奶奶、討厭姑姑和嬸嬸，那麼，就把情緒出口放在阿姨這裡吧。

演講時我講了這個故事，後來收到一位聽眾的回饋，他告訴我自己的故事。他有一個聰明的姐姐和乖巧的妹妹，做為家中唯一的男生，他卻是調皮搗蛋，闖了不少禍，父親對他很頭疼，只能嚴加管教，父子關係很緊繃。他小學畢業那個暑假，有一天瞞著家人去溪裡游泳，提心吊膽回到家，正好聽見父親和結拜兄弟在電話中吵架。

兩個男人原本感情很好，還合夥做生意，但生意失敗，情感也決裂了。母親拉著父親勸解，姐姐、妹妹嚇得在一邊哭，父親爆起青筋，渾身顫抖，對著電話筒嘶吼：「你是不是很想看到我死啊？我現在就死給你看！」

這時，兒子一個箭步衝上前切斷電話，自己也不知道為什麼這樣做，只是覺得如果不立刻阻止，就來不及了。父親怒到炸開，一記反手把他打飛，撞到桌角，昏了過去。

「從那以後，父親再也不打我了，我也不敢再惹他生氣了。」連偷偷跑去溪裡游泳這樣的事也不做了。

他說，許多年之後才終於明白，自己當時拚了命只想保護父親。不再讓父親生氣，也是保護父親的一種方式。

大人總想保護孩子，卻沒發現孩子常常努力保護著大人，用他們笨拙而純真的方式。大人的世界很遼闊，孩子的世界只有父母與親人，對他們來說，那就是全部，所以，他們必須拚盡全力去保護。

有個朋友在女兒十二歲時才生下兒子，為的其實是試圖改變先生不斷出軌，和喝酒後情緒失控的問題。兒子三歲左右時，在父母吵架的尖銳聲響中自殘，用頭撞牆壁，嚇得父母立刻停止。過了兩年，夫妻倆又為了外遇事件爭吵，甚至扭打起來。兒子猛力奔跑，小小的身體劇烈撞擊牆壁，飛彈起來摔在地上。女兒尖叫大哭，先生甩門走出去，朋友抱起已經昏厥的兒子，渾身發抖。

兒子住院，還得接受心理輔導，女兒守在弟弟病床前，淚流滿面的問母親：「為什麼？你為什麼不離婚？」

「我是為了你們才一直忍耐，我不想要你們在破碎的家庭長大。」朋友委屈的一邊說一邊哭。

「我們才一直在忍耐，忍耐你們互相傷害。每天都提心吊膽，不知道又會發生什麼事。這個家庭早就已經破碎了！不要再說為了我們，如果真的為了我們，拜託你離婚吧！」

十七歲女兒傾吐的心聲，令朋友震撼得說不出話。她所以為的忍辱負重、為家庭犧牲，對兒女來說原來只是不斷的受傷與恐懼。那一天，她不再哭了，開始認真思考離婚。

到底什麼樣的家庭是完整的？什麼樣的家庭又是破碎的？

心理學家研究發現，父母彼此相愛，家庭氣氛和諧，孩子感覺到安全與幸福，就會快樂的長大，且性格穩定、忍受挫折的能力較強，對人生的未來發展大有助益。尤其是父親深愛母親，更是送給孩子最好的禮物。哪怕是單親家庭，如果教養者心平氣和、充滿正能量，孩子在愛中成長，這樣的家庭也是完整的。家庭是否完整，不在於「多少人在」，而是「在的人有愛」。

愛，如此抽象的東西，卻勝過一切物質。

有個著名的小猴實驗，將出生不久的小猴放在兩個假猴媽媽身邊，一個是絨布做成的猴媽媽，一個是鐵絲綁成的猴媽媽，看看小猴會喜歡哪個媽媽。雖然硬邦邦、冷冰冰的鐵絲媽媽會供應奶水，但是小猴更愛依偎在軟綿綿又溫暖的絨布媽媽身上。只有肚子餓了，需要吃奶，才會去找鐵絲媽媽。相片中的小猴上半身探出去吃奶，雙腳卻仍踩在絨布媽媽身上，不願離開。

這個殘忍的實驗，是由美國的比較心理學家哈洛（Harry F. Harlow）所設計的，儘管備受抨擊，卻證實了愛與身體的溫暖接觸，對孩子的成長有多麼重要。

「為了給孩子更好的未來，我必須努力工作，沒時間陪伴他們。」許多父母以為，只要能給孩子更好的「未來」，「此刻」的犧牲是無可厚非的。孩子成長的速度超乎想像，他們很快就會從絕對依戀父母，變為獨立自主。而他們在成長中缺乏的陪伴與關愛、交流與互動，是再豐盛的物質也不能彌補的。

當我還在大學執教時，不止一次呼籲應該在大學開設必修課「父母學」。

並不是會「生孩子」就能好好「養孩子」，人格的培養是何等艱鉅的任務！連駕車上路都要培訓、考照，經過層層關卡，才具有資格。教養孩子是與一個生命或幾個生命緊密連結，甚至可能與全人類有關，怎麼竟然還停留在「自由心證」和「祖傳祕方」的階段？

「父母學」的範圍很廣，從心理學到性別學到人類學，讓父母知道，不該阻礙孩子對世界的探索；不要掠奪他們承受挫折的機會；千萬不可「以愛為名」打造他們的未來人生。給孩子一個和諧安定的成長環境，讓他們順著天性成為自己，就是最好的保護。

身為大人的我們，究竟能回報孩子保護我們的心意？還是終究成了辜負孩子的父母親？

好年節，年浩劫

小時候過新年，除了領紅包，學著向長輩說吉祥話，什麼也不必操心。吃飽了就聚在一起玩牌，瓜子、花生、糖蓮子、娃娃酥、冬瓜糖……去拜年的時候，每家都有不同的甜食，抓著一個大橘子捨不得吃，覺得那樣的燦燦金黃真好看。

看著看著就長大了，搬到一幢四樓公寓，左鄰右舍都是認識的，每年的大年初一要相互拜年，從一樓到二樓再到三樓，最後鄰居們全集合到我家裡來聊天，十幾、二十幾口人，確實很熱鬧，只是燒水沏茶就忙得團團轉了。雖然除夕夜很晚睡，初一卻得早起接待客人，印象裡從那時候起，我就沒在過年時睡過好覺。

雖然是單身，卻和父母同住，每年從除夕開始，要準備讓回家過年的家人們吃團圓飯，除夕、初一、初二的菜單早早張貼在冰箱上，反覆核對確認。廚藝一向不是我的強項，做起來其實有些力不從心。後來，過年團圓的陣容更大了，十幾口人的吃吃喝喝，只能委外辦理。從過年前的兩個月，就得不斷確認回家團圓的人數，確認再更改、更改再確認。接著尋覓餐廳，一家一家打電話去問，常常都已經沒有桌位了，於是請人關說，極力拜託。

餐廳的年夜飯都很制式化，根本表現不出平時的水準，更緊張的是時間限制，五點半一場、七點半一場。為了有效率的換場，上菜速度很快，瞬間擺滿一桌子，都不知道該先吃哪一道，還是先來碗湯？換場的時候人馬雜沓、呼喝喧鬧，令人神經緊繃、魂不守舍。將近九十歲的伯父，因為罹癌而衰弱，他在一片混亂中嘆息著說：「這哪裡是吃年夜飯啊？根本是逃難嘛。」我是沒逃過難的，但他確實經歷過大撤退和逃亡，我瞬間明白，自己的悽惶感從何而來了。

年年安排團圓飯，真的有些心力交瘁了，於是，有一年我向父母告了假，一個人飛到香港去，住在酒店式公寓裡，清清靜靜過了年。也想試探一下，一個人過新年到底會有多冷清？會不會很淒涼？

我去花市買了花，又去市場買了最愛的砂糖桔，還去上海飲食店買了酒釀和芝麻湯圓。除夕前婉拒了幾位朋友的邀約，「一起來過年吧，不費事的，只是加雙筷子而已。」「不要自己一個人過年啦，冷冷清清的。」我知道朋友都是好意，拒絕他們似乎很不近人情。可是，誰能知道，我想要孤單過年花了多少力氣？怎麼捨得放棄！

我為自己煮了羅宋湯，搭配法國麵包，吃得飽飽的，上床翻了幾頁書便睡去了。香港的除夕很安靜，沒有鞭炮聲也沒有電話，沒有電鈴聲也不用拜年，我睡得心滿意足，直到大年初一中午才起床。深深嘆了一口氣，我可也是辛辛苦苦的忙碌了一整年呢，這才是過年嘛。

因此，我知道對某些人來說，孤獨過新年其實是很幸福的事，既不冷清，也不淒涼。終於可以想吃什麼吃什麼，想睡多久睡多久了。

過年到底是什麼？如果讓一個小孩寫作文，他可能會這樣寫：「我最喜歡過年了，因為全家都團圓，可以拜年、領紅包、吃好吃的，還可以放鞭炮。」到了青少年的作文，可能是這樣的：「過年的好處是不用補習，也不用寫作業，任性打電動，睡到自然醒。」

等到這個青少年長大成人，進入社會，他的臉書貼文就變成：「好不容易有年假，卻不能出國，非得全家團圓，其實真的很無聊。」如果這個人到了適婚年齡而沒有結婚，正在轉業階段或待業中，還沒有車子、房子與對象，他的臉書貼文或許相當簡短：「過年，就是親戚的格鬥場。」

愈接近過年，我在臉書上看見的朋友貼文就愈暗黑，年輕人抱怨過年根本勞民傷財沒意義；中年人抱怨婆家娘家奔波心力交瘁，我不免要想，到底從什麼時候開始，過年變成一件不快樂的事了。

「過年本身沒有問題，和那一堆親戚聚在一起才是問題。」我的三十歲學生 Lulu 這樣說。根據她的觀察，平常沒什麼來往的親戚，只是過年時聚在一起，長輩們將注意力全放在小輩身上，從小學開始盤問，念什麼學校？校排名多少？考上哪所高中？大學什麼科系？要不要考研究所？

有個叔父問她哥哥：「現在大家都念研究所，你不念的話怎麼有競爭力？」又轉頭問她：「你還要念研究所幹嘛？你爸要到什麼時候才能退休啊？找個好男人嫁掉比較實在吧。」

Lulu氣得對哥哥抱怨，「我們念不念研究所關他什麼事？怎麼不處理一下自己小三和元配的問題，卻來對我們指手畫腳？」哥哥面無表情的說：「反正我明年要出國，絕對不跟他們一起過年了。」

Lulu說她很羨慕哥哥能下這樣的決心，她走不開是因為媽媽。

從小年夜開始，媽媽就要進駐奶奶家，為除夕夜團圓的十八口人準備年夜飯，接著是十八口人的初一午、晚餐。好不容易到了初二，可以回娘家喘口氣了吧？奶奶又悲情懇求，說是兩個姑姑要回娘家，可以幫忙準備嗎？擺明了不讓媽媽回娘家，這種時候，爸爸總是低調不吭聲，哥哥乾脆遁逃出門，Lulu只好捍衛媽媽，提出吃完午餐必須回外婆家吃晚餐的主張。

姑姑們嘀嘀咕咕，「還不是她媽媽教出來的，我們以前當小姐的時候哪有這麼囂張？」Lulu很想對她們咆哮，「同樣都是女兒，為什麼你們初二可以回娘家，我媽初二不能回娘家？你們才是很囂張吧！」但她為了不讓媽媽為難，只得嚥下去了。

過年不是團聚歡樂的日子嗎？到底為了什麼會弄到這樣身心俱疲？我的結論是，沒有好親戚，年節就是一場浩劫，還不如自己一個人孤單過年。

幸福自己給得起

不喜歡的愛

那個叫作「淑女鳥」的高中女孩，坐在母親駕駛的車上，母女倆一起聽著有聲書《憤怒的葡萄》，感動得流下眼淚。有聲書告一段落，女兒想聽些喜歡的歌曲，母親想繼續聽有聲書，於是，母女兩人的不同調改變了氣氛。

女兒要求母親叫她「淑女鳥」，那是她為自己取的名字，母親堅持克莉絲汀這個名字很好，不明白為什麼她要叫「淑女鳥」這麼奇怪的名字。女兒說她要離開加州，到東岸去念書，那裡很有文化，作家都住在森林裡，她說她想去紐約。母親告訴她，父母沒有能力供她念紐約的大學，她應該去念社區大學。淑女鳥說她可以申請助學貸款，可以爭取獎學金。母親突然憤怒起來，她說女兒根本沒資格念什麼紐約的大學，就該在社區大學念書，然後去坐牢，接著再出來念社區大學，直到她學會為自己的行為負責。

淑女鳥無法與母親爭辯，她在行進的車上突然打開車門滾下去。滾下車的這個鏡頭確實震撼，而我更震撼的是，做母親的竟然如此詛咒自己的女兒，認定她不配擁有夢想，以及美好的未來。

這就是電影《淑女鳥》的開頭。克莉絲汀的母親是個工作非常辛勞的醫護人員，她可能從來沒能過上自己想要的日子，因此，潛意識裡便也覺得女兒不應該享有自己打造的理想生活。然而，這個母親並不是不愛女兒。她們母女二人的關係其實相當親密，也許就因為太親密、太在乎彼此，女兒才會在被母親言語攻擊的瞬間，忍無可忍的從車上滾落。她們可以在親愛的時刻忽然翻臉，也可以在口角的時刻因為一件事的觸動而前嫌盡釋。

女兒曾問母親：「你喜歡我嗎？」

母親立刻回答：「我當然愛你。」

女兒再問：「可是，你喜歡我嗎？」

母親突然失語，不知如何回答。

愛，難道不是喜歡嗎？其實，或許並不是。

我們常覺得自己愛著他人，像父母愛著子女、伴侶彼此相愛，我們願意為對方付出所有，甚至做出犧牲。可是，我們只是愛著對方，卻不見得真的喜歡對方。我們可能不認同他的特質；可能不了解他的夢想；可能無意間扯了他的後腿；可能會說出：「因為我很愛你，所以不能接受你……」不能接受你真正的樣子。

愛，不一定喜歡，不一定接受。

女兒知道母親愛她，卻也知道母親無法接受她為自己打造的理想生活與幸福未來。「不喜歡的愛」，比不愛還要痛苦。

擔憂也是愛

獲得父母的支持與理解，是我們的願望，可惜在成長中才發現其實並不容易。有時會聽見兒女詰問父母：

「為什麼不支持我？」

「為什麼不理解我？」

「為什麼不尊重我？」

每一句「為什麼不」都是一道傷痕，真正的呼喊其實是：「你為什麼不愛我？」為人父母的聽見這樣的質疑，通常是錯愕，進而憤怒，盡心盡力做了這麼多、付出這麼多，竟然被全數抹殺？

我的朋友小穎很年輕就結了婚，生了個女兒，兩年後離婚，與父母住在一起。小穎的母親很享受當外婆的樂趣，也很疼愛外孫女，只是與小穎的關係一直有些緊張，常常在小地方挑剔她，口頭禪是：「怪不得會離婚，誰受得了你？」

小穎學著將這些話扔到腦後，她知道若沒有父母幫忙帶女兒，她無法投入工作、施展抱負。她到國外去工作一段時間，而後回到台灣開公司，從兩人小團隊拓展到十幾個人的設計公司，事業蒸蒸日上。只是，和母親的關係並沒有因為她的成就而有所改善。

「我媽只看見我的失敗，因為我是離婚的女人。別的她都看不到。」她常如此調侃自己。

直到那一天，終於擦槍走火。小穎陪母親去探望生病的阿姨，阿姨說起自己的女兒和女婿，雖然感情還不錯，做生意卻都不順利，兩夫妻索性什麼事也不做，只靠著大家的供給過日子。「叫我怎麼放心啊？像小穎這樣多好，有自己的事業，做得有聲有色。」

阿姨說著，被母親打斷，「一個像樣的男人也找不到，還要自己養女兒，苦命人啦，哪裡好？」

不知為什麼，那一刻小穎忽然覺得腦中一片混亂，呼吸困難。

走出病房，往停車場去的時候，她問母親：

「我已經這麼努力，大家都看到我的好，只有你看不見！你覺得我一無是處，你覺得我很丟你的臉。是嗎？」

說著，她的眼淚忽然來了。母親愣住，然後也哽咽了。

「我只是不甘願。我的女兒這麼好，為什麼遇不到一個好男人？為什麼這麼不公平？我擔心，你一個人，以後怎麼辦？」

「媽媽你別這樣，我一個人也能好好過日子。」

「可是我就是擔心，我是你媽啊。」

小穎和母親抱頭痛哭，她瞬間明白，母親的挑剔不是傷害而是愛，擔憂也是愛。

然而，有些人一生一世，不管多麼努力，都無法尋求父母或是家人的認同與喜歡。這樣的人生是飄浮著的，無比孤獨，沒有歸屬。

自己揀選的家人

日本導演是枝裕和執導的《小偷家族》，奪得日本電影金像獎八大獎項，還獲得了坎城影展金棕櫚獎。而我覺得這部電影想要探問的，是一個簡單卻沉重、甚或令人困惑的問題：「家人是什麼？」

電影剛開始，我們看見的是高樓林立的城市裡，有一幢小小的低矮平房，裡面住著一家五口人：奶奶、爸爸、媽媽、兒子祥太和媽媽的妹妹。他們的生活空間擁擠侷促，兒子甚至睡在小小的櫥櫃中，可是，有一種自在和樂的氛圍。奶奶靠著老人年金過日子；爸爸和媽媽打零工維生；年輕的阿姨在色情制服店打工；十一、二歲的兒子認為不能在家學習的人才要去上學，因此從來沒上過學。平日裡父子二人是偷竊的最佳拍檔，泡麵、零食、洗髮精都是偷回來的。

直到他們在一個寒冷的夜晚「撿」到一個無人聞問、受虐的小女孩，成為新的家人，安定的家庭產生了變化。原來，他們彼此之間都沒有血緣關係。

奶奶是獨居老人；爸爸、媽媽是露水姻緣的淪落人，為了從家暴中解救

「媽媽」，「爸爸」協助「媽媽」殺死前夫。而他們的「兒子」則是當年行竊時，從車子裡偷來的小嬰兒。制服店阿姨是奶奶的前夫再婚後的孫女，女孩感受不到家中的溫暖與愛，於是來投奔奶奶。他們將撿到的小女孩取名為「凜」，幫她剪短頭髮，彷彿得著了新生命，小女孩開懷的笑了。

媽媽將小女孩抱在懷裡，一邊焚燒她的舊衣服一邊對她說：「如果說愛你，還打你，那一定是說謊。如果愛你，就會這樣……」一邊將小女孩抱得緊緊的，同時，她流下淚來。這也是一場療癒啊，藉由小女孩，媽媽療癒了受苦的自己。

他們曾經想將小女孩送回原生家庭，可是小女孩不願意，哪怕是這麼幼小的孩子，也能明白愛是什麼；對她來說，與親生父母在一起，不如與愛她的人在一起。

媽媽於是對奶奶說：「自己揀選的家人還是比較強。」奶奶問：「什麼強？」媽媽笑著說：「羈絆啊。」很多的陪伴、理解、體貼、關懷，不只是血緣而已。這其實是每個找不到家人意義的人可以再創造的關係。

奶奶去世前一天，與家人們到海邊玩，她看著在海水邊緣跳上跳下的大人、孩子，無聲的說了「謝謝」。這竟然是令我印象最深刻的片段。

像我這樣一個單身無後的人，似乎注定與幸福無緣。所幸，我學會了愛。愛就是不過度期待；不需要彼此束縛；尊重每個人原本的樣子；珍惜相處的點點滴滴，製造歡樂時光，也陪伴受傷和低落的時刻。於是，我也擁有了無血緣關係的家人，擁有的是羈絆。當我離開世界的那一日，我最想致上的感謝，也是自己揀選的家人。

有了自己揀選的家人，才發現自己的好，發現自己如此值得珍愛，未來也能好好過生活，因為我的幸福，自己給得起。

我的單身小事

年輕時被關切的終身大事，
中年以後都成了單身小事。
也許大事處理不好，
小事卻是我擅長的。

煙火與燈火

前些日子，我在臉書粉絲團分享了自己隨意坐在海邊岩石上，轉頭望著鏡頭露齒而笑的照片，並且寫了這樣一段文字：

「什麼樣的情感是理想的呢？每個人的理想都不同。

對我來說，放鬆又放心的狀態最理想。不用特別做什麼去討人喜歡；也不用提心吊膽什麼事會惹對方生氣；不必時時揣測心意；也不必處處製造驚喜，該有多麼自在。」

照片裡的我，和一群好友約在花蓮七星潭海邊的燒烤餐廳吃飯，盛夏的夜來得晚，用餐前我們到石灘上走走，挑一塊平滑的岩石，坐下來吹吹海風，聽浪潮的密語。

曾經，同樣的海灘，我和愛戀中的人一起來過。那時的七星潭還很安靜，黃昏時甚至顯得寂寥，沒有這麼多民宿擁擠羅列，也沒什麼餐廳。天黑以後，可以仰望亮晶晶的星星。可是我們都不快樂，不顧一切的熱烈奔放或許已經過去了，現實中的差異和彼此性格的偏執，成了鞋子裡的碎石，每走一步都艱難，恨不得脫去它，卻又因為得之不易而難以割捨。

我知道自己在這段愛情裡已經很努力了，更知道對方也已經心力交瘁，但我們期待的那種彼此接納與理解，卻似乎愈來愈難以追求。

坐在海邊的時候，我突然好想回家，對於自己精心策劃卻沒有歡笑的這場旅行，感到懊悔不已。

那個晚上是個關鍵，坐在我身邊、沉默久久的那個男人，突然說出了這樣的話：「如果有這麼多狀況無法解決，那我們還是結婚好了。」

我錯愕的看著他，以為自己聽錯了。他補充說明：「很多人都是這樣的，結了婚以後，太多現實的問題要煩惱，就不會那麼在意這些煩人的小事了。」

就在那一刻，我清楚明白，我們是必須分手了。關於婚姻與愛情，我們的看法差距太大。婚姻豈是解決愛情難題的良方？

有一次接受媒體訪問，有個男記者問我：「像你這樣獨立自主的女性，又是愛情小說作家，這麼浪漫的一個女人，你的情人恐怕要製造很多、很大的驚喜，才能討你歡心吧？」

其實我並不是那麼浪漫的人，到了這樣的年紀，連驚喜也令人疲憊了。

對我而言，刻意製造的驚喜，像是黑夜中的煙火，燦亮耀眼，但一瞬間就暗了。真正讓我感動的是為我掌燈的陪伴，讓我在中年渡口穩當前行。

願意為一個人穩穩掌著不滅的燈火，陪伴他度過許多暗沉無光的時刻，這樣的恆毅力才是真正的感動與奢侈的浪漫。

不尋常的熱情

好久不見的學生小喬和我約吃飯，剛坐下來，便說有個見聞要分享。她因為出差去了東京一趟，老闆特別體恤她的辛勞，兩個人都搭商務艙。她和老闆一樣，向空服員要了一小瓶甜白酒，配著氣泡水一起喝。老闆喝完酒就睡著了，她喝了一肚子水，實在無法憋到下飛機，只好去上洗手間。洗手間正在使用中，她隔了一段距離等候著，門開了，走出一個四十幾歲的女人，加速腳步從她身邊經過，差點撞到她。她走向前，伸手推洗手間的門，竟然推不開，仔細一看，才發現門是鎖上的。她站在原地想了一下，難道是自己喝太多了？正好有位空服員經過，她對空服員說：「這個門是不是壞了？剛剛有人出去，現在卻又是鎖上的。」空服員看了洗手間一眼，語意含糊的對她說：「請等一下。」隨即離開了。

小喬說她正打算放棄，去別的洗手間，門突然開了，走出一個約莫五十幾歲的中年男子。她告訴自己，以後千萬不能在飛機上喝酒，明明沒看見有人進去的洗手間，怎麼會有人走出來？講到這裡的時候，我忍不住笑了出來。「你也知道發生了什麼事？」小喬又好笑又好氣的說：「我們老闆也是秒懂耶，她說我真的太單純。」

「中年人嗎？那肯定是外遇。」老闆斬釘截鐵的說。

「說不定是正在熱戀中的人，不一定是外遇啊。」小喬認真分辯。

老闆說她每次和老公去參展，都是搭商務艙，有時飛長途還能看兩、三部沒時間去戲院看的電影。至於老公，只想吃飽喝足之後，戴上眼罩耳塞，好好睡一覺。她說商務艙的洗手間空間很小，如果不是有著烈火一般熊熊燃燒的熱情，不會選擇那裡的，再說，只有三個小時的航程，為什麼等不及呢？所以，這不會是一般的婚姻或戀愛關係。

這種壓抑的、猛烈燃燒的愛意，恐怕真的是外遇的滋味吧？然而，無論如何，聽說了一對中年人如此忘我與陶醉，還是被觸動了。

中年人最容易失去的，應該就是對愛情的狂熱吧。年輕時不顧一切的愛與被愛，到了中年，往往只追求現世安穩。而愛情卻是最容易毀壞現世安穩的東西，它有太多的不可預測，付出和收穫常常不成比例。於是人們告訴自己，與配偶的關係已經昇華為「家人」或是「親人」了，平淡才是福，細水長流才能天長地久。

我常常對「昇華說」感到疑惑，因為我以為親情是我們最初習得的情感，愛情才是進化版；從愛情變為親情，明明是一種退化，怎麼會是昇華？

某些已婚男女，因為在婚姻中無法得到情感的滿足，於是出軌了。他們出軌是為了尋找更多的「親人」和「家人」嗎？他們渴求的應該是充滿刺激與浪漫，不尋常的熱情吧。

有很想走的路

熱播並引起討論的韓劇《男朋友》，是宋慧喬與朴寶劍主演的，明顯的女大男小，身分懸殊，女人居於上位。他們戀愛的開始在古巴，相遇於絕美的海岸，欣賞日落的不思議時刻。喝醉酒的女人遺落了高跟鞋，像童話故事一樣浪漫，只是來到現實生活中，便充滿了荊棘與壓抑。有太多人期待他們分開，有太多阻礙拆散他們。男主角苦苦愛戀著女主角，送了一首詩給她：

有很想走的路，卻是不能走的路；
有一個說好不見的人，卻是最想見的人；
有件事要我別做，卻非常想做，
那就是人生，是思念。
那就是你。

愈來愈多不被看好的女大男小的愛戀，卻能修得正果。如此熾烈的、不顧一切的深情，是多少人渴望卻不敢追求的、非比尋常的人生。

年輕時聽見的最理想的愛情，是「以結婚為目的的戀愛」；一旦達到結婚的目的，又該如何安排愛情呢？

婚姻從來不能保障愛情，一直都是愛情保障了婚姻。

在婚姻裡依然相愛，真的是那麼困難的事嗎？

《同婚十年》的作者陳雪，在書中描述她與同性愛侶結婚十年的生活，她一直記得初次見到阿早的時候，就很想越過重重人群，伸手觸摸她羞澀微笑的臉龐，並感覺到自己內心在顫抖。十年之後，她與愛侶面對面坐著，依然會有這樣的悸動。

她們一起去市場買菜，一起烹飪烘焙，一起分享美食，每個有彼此同在的時刻，都那麼珍貴閃亮。

阿早對她說：「好想談戀愛啊。」接著又說：「但我只想跟你談戀愛。」陳雪回答：「我也是啊。」

她寫道：「我擁抱著她，還是可以戀愛啊，調動出我們記憶裡那許許多多的場景、畫面，那一切都還栩栩如生，彷彿如在目前。」

能夠挽救婚姻不致出軌與崩壞的，從來都不是道德、法律、輿論，而是愛情。在婚姻中，每天談戀愛。

願意傾訴，渴望傾聽

住在海邊的旅館裡，早起之後泡湯，穿著浴衣走到窗前，望著岩岸上潮水溫柔拍打，催眠一樣的韻律。一株老松從岩縫中長出來，皴裂的樹皮蓄積無限力量，彎出一個詩意的角度，橫在我的窗前。

早餐之前的寧謐時光，我可以再睡個回籠覺，卻選擇回到桌前，取出明信片和自來墨水毛筆，一筆一畫的寫起字來。當我工整的在開頭寫上朋友的名字，便覺得親切，真的是「當我提筆寫下你，你就來到我面前。」啊。

旅行的時候，是我最密集寫信或明信片給朋友的時刻。每到一個名勝景點，旅人們湧進名產店挑選限定名物或是可愛小物紀念品，我卻直接走到陳列明信片的旋轉架前，挑選喜愛的明信片。同一座城市，白天與晚上的風采迥異；同樣的森林公園，四季的樣貌各有千秋。挑選美麗的明信片，寫上想念與祝福的話語，寄回故鄉給惦記的人，是否也是一種「打卡」模式？

年輕時我曾那麼愛寫信，後來，有好長一段日子，我不再寫字，都用電腦敲打，當然也就不寫信了。起初並不覺得有什麼不同，通訊軟體這麼多，隨時可以聯絡事情、交流情感，如此便捷迅速。然而，在追求速度的同時，也失去了深度。浮在表面的話語，一掠而逝的印象，像顆隕石，墜落時與其他隕石碰撞，擊出火花，咻一下的擦肩而過，接著是宇宙間暗黑的寂寞。還在寫信時，則像是星系的連結，發出幽幽的光，彼此恆長的照耀。

寫信必須要有對象——是一個你願意傾訴、而他渴望聆聽的人。當我開始書寫，一個字又一個字，便感覺自己四散的思緒都聚攏了，在那方寸之間，一點一點的將心敞開來，把內在的自己喚出，有時隱藏很深，連自己都未察覺的情緒也顯現出來了。這是一種淨化與昇華的過程。我常常懷念寫信的自己，中年以後，想要沉靜的時刻，就坐下來寫信。值得慶幸的是，依然有願意傾訴的對象，也還有渴望聆聽的人。

寫信，其實是件癡傻的事吧？寫好的信不一定會寄出；寄出的信不一定能抵達；抵達的信也許沒有被閱讀；就算閱讀了也不一定有回應。然而，此刻當我提筆寫信，便覺得人到中年，胸腔中還未熄滅的什麼，仍亮亮的燃燒著。

寫信的心情，也像是中年的愛情，沒有什麼必須的目的，不用服從社會的規範，就只是傾訴與傾聽，對方聽見或沒有聽見、接受或不能接受，都沒什麼關係。可以更形而上，也可以更自由。

天上白雲飄蕩，我的少女時代

「天上白雲飄蕩，地上人兒馬蹄忙。我為了一腔俠骨柔情，流浪走四方。啊，不怕風和霜，啊，只怕情絲亂，想把兒女私情放，誰知偏又不能放，為什麼我對他，總是情難忘？」

沒完沒了的保鑣

晚間八點一到，村子裡家家戶戶都傳出這首主題曲，在巷子裡玩耍的孩子也紛紛跑回家，他們都在看華視的連續劇，沒完沒了的《保鑣》。今天會遇見鐵衣衛嗎？趙燕翎喜歡的到底是歐陽無敵，還是司馬不平呢？為什麼古代的人很多都是複姓？如果我也是複姓，是不是就可以行走江湖，不用被困在這個小樓上，為注定失敗的聯考而閉關？

小學畢業後，升上國中，迎來了第一場考試，所謂的分班考試，將新生分為好班、中等班和壞班。壞班又叫作「放牛班」，就是放牛吃草、不管不問的意思。我知道自己不可能進放牛班，卻覺得中等班也不錯，不上不下，壓力不大。

可是，剛剛考完就知道，乾爸已經和國中教務主任「喬」好了，會讓我上好班。乾爸是我的小學老師，乾媽教我彈鋼琴，乾爸為我補數學，他們夫妻二人非常疼愛我，可惜我沒學好鋼琴，數學依然很爛。教務主任和乾爸一樣都是流亡學生，所以，把我安進了好班。這個明明該進中等班的學生，自此開啟了倒數生涯——不是倒數第一名，就是倒數第二名。

不斷抽高的是我的身形，一點也沒長進的是我的成績。這兩件事都讓我的自卑感日益升高，成為一個很不快樂的女孩。

聯考一天天接近，父母請了大學生來家裡為我補習，小小的書桌前堆滿參考書，玻璃墊下的表格是讀書進度規畫表。「嘿！其實你們知道的，我根本不可能考上，為什麼要假裝很有希望呢？」每當我練習許多次卻還寫不出正確答案，家教老師眉頭緊鎖時，我總是很想這樣說，或者尖叫。但我什麼也說不出來，只能搖搖頭說：「對不起，我忘了。」

父母親可能覺得自己還不夠努力，於是，某天晚餐時正式宣布：「從今以後，我們家裡再也不看《保鑣》了。」「為什麼不可以看？」弟弟立刻表達抗議。「因為姐姐要聯考，她需要安靜的環境，專心念書。」父親說。

不是這樣的，一切的犧牲都無法改變事實——我考不上聯考的，我不是念書的料。我在心裡吶喊，卻只能愧疚的垂下頭。已經看了好久的《保鑣》，在我家停播了。每天晚上，當我在窗前讀書，聆聽著四面八方傳來的《保鑣》主題曲，都只能嘆一口氣，發三秒鐘的呆，然後繼續寫練習題。

就在聯考愈來愈逼近，使我喘不過氣來的春天，一九七五年四月五日，比落榜更加劇力萬鈞的大事發生——總統蔣公「崩殂」了。怪不得前一天風雨交加，原來是國有大喪。所有正在播放的電視節目都要停播，家家戶戶都看不到《保鑣》了，彩色電視退化成黑白，整天播放著哀思與懷念，有時直接放上蔣公頭像，表達無限的悲傷。我們都剪了黑紗，戴在手臂上。隔壁班在練唱〈先總統蔣公紀念歌〉，我們在讀〈黑紗〉，當年影印機並不普遍，是導師手刻鋼板印製的，全班同學一邊朗讀一邊哭。說實話，在那樣舉國同悲的時刻，我曾經偷偷的想：「發生了這麼嚴重的大事，聯考應該取消了吧？」然而並沒有。我也就毫不出人意表的落榜了。

大喇叭與小喇叭

逃離了已經註冊入學的私立高中，為的其實是想逃避大學聯考，我堅決要念五專，父母無可奈何，只好讓我進了世新。雖然也要穿制服，也有髮禁，對我來說，卻是一個桃花源，將我的類憂鬱症療癒了。班上許多同學都帶著吉他來上學，下課或是午休時間，便一群群聚在杜鵑花或是大樹下彈彈唱唱。那正是民歌的年代，中美斷交後，從〈龍的傳人〉到〈一條日光大道〉，天天都在唱歌。

從幼稚園到小學再到國中，一直和我同學的小美，品學兼優，理所當然考上北一女。她念到高中才發現「人外有人，天外有天。」過得很不開心。有一天，她對母親哭訴，說她看見我在路上和同學一邊談笑一邊走著，只提著一個輕便的袋子，她卻要背著沉重的書包，再帶著各種補習講義，天還沒亮就出門，天黑了還回不了家。她問母親：「為什麼都是十七歲，人家可以快快樂樂，我卻生不如死？」她的母親在市場遇見我的母親，於是轉述了以上對話，說著，小美的母親忍不住落淚了。

母親並沒有直接告訴我，而是在我們去找裁縫阿姨的時候，阿姨說：「你們家女兒現在真的很不一樣喔，會笑了，看起來很有精神。」那個年代成衣還沒那麼普遍，處處都有裁縫店，每年總要被帶去做一、兩件衣裳。裁縫阿姨提到我的改變，母親才轉述了小美的話。我當時正盯著雜誌上的喇叭褲樣式，到底要做一條大喇叭褲還是小喇叭褲呢？又或者是像那些漂亮學姐那樣，做一條很短的熱褲，配上羅馬鞋？

多年以後，我與小美街頭重逢，我牽著失智的母親，她身邊的外籍看護推著輪椅上的小美媽媽。母親剛上完社區整合照顧服務站的音樂律動課程；小美媽媽穿著依然光鮮亮麗，還戴著珍珠項鍊。小美說媽媽中風之後失智了，整天動都不動，坐在輪椅上生氣。我鼓勵她帶媽媽去上課，她愁眉苦臉的說：「沒辦法啦，她哪裡也不想去，除了看醫生，根本不願意出門。」我們揮手作別，走了兩步，小美忽然叫住我，「我已經離婚好幾年了，都是命運啦。現在跟你一樣單身，覺得單身原來很不錯！」我笑起來，對她揮揮手。現在的一切，哪裡是當年公車上的她和行走在道路上的我可以想像的呢？人生的道路儘管分歧，到後來不也是殊途同歸？

我曾為她許下諾言

在我的五專桃花源裡，最快樂的就是租書店時光。幾位愛閱讀的同好，約好了一起去租書店裡租小說，從嚴沁到玄小佛，從瓊瑤到卡德蘭，從古龍到金庸，就這樣一本一本的讀下去。租書團的書是相互交換的，付了一本書的租金，卻可以一個星期讀完五、六本書，真是一件很划得來的事。

當時，距離學校只有幾站的溝子口，有一家「光明戲院」，放的是二輪電影。我和同學在這裡看了好多捲土重來的黃梅調電影，從《梁山伯與祝英台》、《七仙女》、《江山美人》到《秦香蓮》，每一部都追看了，直到李翰祥的新作，由林青霞和張艾嘉主演的《金玉良緣紅樓夢》。雖然這部電影不是黃梅調，而是紹興戲的調子，可是林青霞反串賈寶玉完全迷惑了我，她的容貌與身段、那股清新的靈氣、通身嬌弱的貴氣，活脫脫的一個賈寶玉，從書裡走了出來。我和同學到公館的文具店裡買了許多明星小卡，都是賈寶玉的各種造型。

做為一個影迷，那時候能做的也就是剪報和蒐集小卡了，但我總覺得還不夠，於是又去了西門町的中華商場，在唱片行裡翻翻找找，將電影原聲帶買回家，放進電唱機裡，一遍又一遍的學著唱，終於把整部電影的對白和唱詞全都背起來了。於是，沒有吉他伴奏，我們也能聚在一起，從〈十八相送〉

唱到〈黛玉葬花〉。每當我開始唱，就有同學聚集過來，這是我頭一次感到自己也可以閃閃發亮。

那應該也是唱片與電唱機最後的歲月吧。電視台的歌唱節目愈來愈多，明星的偶像氣質愈來愈鮮明。白嘉莉主持的《銀河璇宮》已經美輪美奐；崔苔菁擔綱主持的《翠笛銀箏》更是台灣第一個帶著歌星出外景的節目。我心中的第一位男神偶像，既能唱又能跳、舉手投足充滿魅力、眼神更是勾人魂魄的劉文正，在螢光幕上大放異彩。不管什麼款式的衣服穿在他身上都那麼俊朗照人，他並不是陽光男孩的典型，那明亮中彷彿掩映著陰暗；純真的笑容裡欲隱還露著邪氣，層次如此豐富的氣質，是我在往後多年的眾多男神身上未曾見到過的。「我曾為她許下諾言，不知怎麼能實現？想起她小小的心靈，希望只有這麼一點點。」他的第一首成名曲是〈諾言〉，專注而深情的咬著每個字，段落處尾音拖長加重，像是從肺腑中吐出一樣真摯。

在我成年前的少女時代，某個夜晚，左鄰播放著劉文正，右舍播放著黃梅調，像競賽似的愈來愈大聲，都是我喜歡的。我站在陽台上，看著深藍色的夜空中緩緩飄蕩的白雲，心滿意足的嘆了口氣。

過了許多許多年才明瞭，不管什麼樣的江湖，都不是我的；而我曾經努力護持的那場鏕，是無敵的青春，保全了青春，才能成為一個比較好的大人。

不斷向前的列車

在接受訪問時，我流暢的侃侃而談，卻常常被一個問題卡住，難以為繼。

這問題就是：「如果搭乘時光列車，可以回到過去的某一段時光，你最想回到幾歲？」以及其他類似題目。

做為一個專業又體貼的受訪者，每個問題都必須回答，那麼，我有義務給出漂亮的答案，並且說明原因，給予人生啟示。但我真實的想法在此時似乎更為重要，於是，我變得支支吾吾：

「想回到幾歲啊？我想想看喔，一時之間想不到耶。」

訪問者通常會給提示，像是十八歲啦、初戀的時候啦，等等，而我依舊給不出答案。直到這兩年，才能斬釘截鐵的回答：「我不想回到過去。」聽到這個答案的人有點驚訝，而後恍然大悟，「是因為現在比過去的歲月更好嗎？」

看見自己十八歲的照片，也會低迴一番，雖然表情總是憂鬱不自在，但，那時的臉龐真是滿滿的、滿滿的膠原蛋白啊。身形瘦削，卻有一張圓鼓鼓的臉。眼袋是一點也沒有的，只在笑起來時浮現淺淺的臥蠶。可是，十八歲的我過得並不快樂，明明是數理不好才去念五專，好逃避大學聯考，卻因為分發到「報業行政」科，四、五年級要修「統計」、「初級會計」和「中級會計」，被整得七葷八素。不管多麼努力計算，資產負債表永遠不平衡。

和同學去旅行，住在旅館裡，深夜朋友被我的夢話吵醒，她聽見我緊張的喊著：

「不平衡啦，又不平衡啦。」

是的，十八歲的人生真的不平衡。我不知道自己有什麼專長、喜歡做什麼事、以後會長成怎樣的人。

十九歲五專畢業，考上大學中文系插班，從大二讀起，雖然那不是熱門科系，也不能保障未來前途，可是，我卻慢慢的找到了自己的宿命。在不斷的閱讀和寫作中，一點一點的建構了自己。

中年以後，當我覺得自己像個嫻熟的掌舵人，能夠穩穩航行在人生的河床上，還有餘裕欣賞兩岸風光，享受著日照與微風，父母卻突然相繼罹病，一夕之間，我踏入了全新的、陌生的領域，成為照顧者。

父親發病那一天，是晴朗溫煦的深秋時節，我和工作夥伴相約去野餐。

我們在樹下吃了美味的餐點，將柿子皮連續不斷、薄薄的削下來，放在白瓷盤裡圈成一朵花。天空的藍很耀眼，點綴著幾朵白雲，有著棉花糖的質感。從山上下來，又轉去海邊，站在岩石上望著夕陽一吋吋沉入大海，整片海洋閃動金光。忙碌緊張的工作中，已經很久沒有這樣的鬆弛與感動，真是無可挑剔的、完美的一天。

我們去到海港餐廳晚餐，當我最愛的海鮮佳餚陸續上桌，手機響起，聽見母親慌亂的聲音：

「你在哪裡？爸爸突然站不起來了，我已經叫了救護車，快回來！」

我和夥伴們立刻跳起來買單離開，車子疾速而行，車燈切割了夜晚的暗黑。夥伴們送我去了急診室，那一夜，陪伴著血壓飆高的父親，好不容易找到一把椅子，靠牆坐著，孤獨無助的等待天亮。我常覺得，那一天，二〇一五年十月二十七日，我的人生被劈為兩半，從此風雲變色。

直挺挺坐在急診室的我，在手機備忘錄留下一段文字：

急診室的第一夜

爸爸躺在二一六號床，右邊是一位植物人老者，值班護士為他打針前還是會告知，有一種溫柔的周到，然而，老人可以回應或表達意見嗎？陪伴他的是一個熱心愛聊天的外籍看護，她想攀談而我並不想，於是，她搭起簡單的床鋪，嫻熟而舒適的睡著了。

左邊是一對講廣東話的老夫妻，也是老人照顧老人。半夜老先生想尿尿，嫌棄老伴笨手笨腳，大聲抱怨，除了老伴，有誰陪他呢？老伴還在解釋，老先生已經鼾聲大作了。

爸爸的注射液滲出來，被子溼了一大片，我向護理師求助，護理師告訴我，老人的皮太鬆了，包不住針，所以會一直滲出來。

人類肉身的使用期限，原本就不是設計成八、九十年的，也許，六、七十年更為理想？

天花板上的日光燈亮晃晃，急診室是沒有黑夜的永晝。

天亮之後，母親從家裡來急診室，看見我已疲憊不堪，讓我先回家休息一下。當我起身，母親說她要去廁所，叫我等等。這一等就是二十幾分鐘，母親沒再出現，我一間一間廁所去找，站在門口聲聲呼喚。沒有人回應，母親不見了。

我的心像沸騰的油鍋，父親還在急診室，母親又不見了。我的寒冷從心臟蔓延到手指尖，顫抖著在清晨的醫院裡東奔西跑。父親睜開眼看見我還沒走，不耐煩的趕我回家，「怎麼還在這裡？快點走啊你！」

我瞬間爆發出來，大聲喊著：「媽媽不見了！我找不到媽媽了，怎麼回家啊？」一邊喊著一邊爆出哭聲，迴盪在原本就不平靜的急診室，整個空間瞬間變得好安靜，只聽見我絕望的抽泣。

母親半個多小時以後才出現，她說迷了路，找不到我們了。如今回想起來，失智的徵兆已經出現，只是分崩離析的我沒有察覺。

那只是我的第一夜，一年半之間，我們坐著救護車送爸爸來了四次。我一次比一次更冷靜淡定，心裡有一張SOP（標準作業程序），該做什麼就做什麼。

「真的很佩服你，一個人要照顧兩位老人家，真不容易。」遇見認識的人，常聽見這樣的話語，我總是搖搖頭說：

「我也是一邊做，一邊學。」

這是真心話。從期待有手足可以分擔，到認命成為獨力照顧者，每天都準備著迎接各種挑戰與難題，要說嫻熟是不可能的，但心地確實比過去更厚實，也更勇敢了。

中年照顧者各種狀態是不可能比年輕時更好，然而心態上卻是更安然自若了。並不是因為無論如何都不可能回到過去，所以不去思考這個命題，而是因為愈來愈認識到當下的珍貴，於是不願放棄當下，回到過往。

有個雜誌在網路上做了「人生『早知道』大調查」，百分之九十六的網友對過往留有遺憾；十八歲是最令人想要重返的年紀。重返十八歲之後，最想要改變的人生項目則是「學業」，希望自己能更有主見的選擇想要讀的科系，不再隨波逐流。其實，只有少數人能認知到自己的興趣與愛好，而這少數人中能堅持下來，不被家長或社會趨勢所影響的，更是少數中的少數。

因此，每當我看見自小就展露出天賦、一直很清楚知道自己的道路在哪裡的孩子，卻得不到家長支持，只好勉強走上不屬於自己的道路，無法發展完整的人生，總是感到很心痛。

我想，我應該就是少數中的少數，所謂的幸運兒。能夠選擇自己的喜好，投注熱情與專注，持續做下去。過程中難道不會有遺憾嗎？每一次的選擇都有得有失，凡是失去或不可得的，就是人生的代價，我甘願付出這些代價，也就不覺得遺憾了。

往日的憂傷已成過去，未來的焦慮無濟於事，我認識到此時此刻才是我唯一擁有。為了不讓今日成為未來的遺憾，只有盡力做到最好。於是，我終究成為站在「回到往日」的時光列車旁、不肯上車的那個人。

我要搭乘的是不斷向前的人生列車。

貳
／
照顧者的初衷

愛／悲憐／自責
這樣的感受每天都會蒞臨。
「知我者，謂我心憂；
不知我者，謂我何求？」
照顧就是這樣一條孤獨的道路。

孤零零的站牌

早起讀報的時候，看見南迴公路上一支孤零零公車站牌下，蹲坐著一位老婦，等待著一個小時才來一班的公車，這張照片吸引了我的目光。新聞報導探討的是老人的「移動權」，所謂「行的正義」。

愈是偏鄉地區的老人，常常需要看病、採買，公共運輸工具的欠缺，使他們的移動愈不方便。我注視著那張照片，看著老婦戴著帽子，背著背包，身旁還放著兩個提袋，似乎都很有重量。

我心裡想的卻是：「公車來的時候，她爬得起來嗎？如果爬不起來，會有人幫忙嗎？公車願意等她嗎？」

身在都會區的老人，移動起來似乎方便太多了，然而，老父母出門時我隨侍在側，才真切感受到其中的艱難。前兩天陪母親去醫院，高溫令老人行走吃力，於是等計程車時，母親就在街邊的平台上坐下喘息。我攔下計程車轉身要扶母親起身，她卻突然完全無法站立，這是以前沒發生過的事，我俯身想抱她起來，用盡全身氣力，抱了兩次都沒成功，既狼狽又焦急。

母親急得對我喊：「你別管我，你先上車，我慢慢來。」

我啼笑皆非的說：「你起不來，我上車有什麼用？」

就在這時候，計程車從我們身邊滑行，加速離開了。

司機可以選擇下車幫忙或者等待，但他離開了。

看完醫生，我們搭乘在醫院排班的計程車，讓母親進入後座後，為避免她移動費力，我都坐在前座，方便付錢、迅速下車、扶持母親下車，一氣呵成。這也是我摸索出的搭車策略。

當我安頓好母親，對她也對司機說：「我坐前座。」司機突然大聲說：「坐後面就好，不要坐前面！」我瞄到前座放了一疊報紙，便對他說母親移動很吃力，我必須坐前座。

他臉超臭的把報紙移開，而後直著嗓子嚷嚷：「老人等一下突然開車門，誰要負責？」我對他說我母親不會這樣做，他更加生氣，「這種事不是你說不會就不會！」我聽見母親在後座好聲好氣對司機說好話，有種委曲求全的姿態，企圖平息他的怒氣。

但我一言不發，這不只是計程車司機與老年乘客的糾紛而已，真正的問題是我們的社會沒有最老，只會更老，從政府到民間，大家都沒有確切認知，更沒有萬全準備。

當歲月的公車轟轟而來，站牌下的老台灣站得起來嗎？上得了車嗎？

「阿公你聽得見嗎？」放射科排診櫃台的小姐扯著嗓子，對我身邊的老人喊：「你現在就可以去做斷層檢查嘍。」

老人顯出茫然的樣子，我湊近老人的耳朵，咬字清晰的說：「現在就可以做檢查了。」老人聽見了，連連點頭。

櫃台小姐看見我們溝通無礙很開心，「你也要去檢查，可以帶阿公一起去嗎？」當然沒問題，我現在對於陪伴老人已經愈來愈專業了。我先找到陪同老人一起來的家人，那位阿媽腿部也受了傷，行動不便，坐在等候區的沙發上，我請她安心在這裡等候，我會帶老人去電腦斷層室，檢查完了再把他帶回來。

我陪著老人一邊走著，一邊聊天，聽他抱怨自己的身體一日不如一日，安慰他以八十九歲高齡來說，能自己行走已經很不錯了。

老人看起來精瘦結實，以前應該是個勞動者，雖然頭頂無髮，卻在腦後綁了條灰白色的細小馬尾，年輕時也是個美型男吧？

當我們雙雙來到斷層室等待時，我才有時間打電話給正在二樓的父母親，他們今天的檢查都已做完了，正由外籍看護阿妮陪伴著等候我。我請阿妮告訴他們，我還要做一個檢查，但是我並不害怕，請他們別擔心。

我真的不害怕嗎？還是我已經把太多的擔憂給了父母、太多的關切與付出給了父母，以致於自己愈來愈不重要？

如果不是因為身體真的出現了異常，而正好可以跟父親掛同一位醫師的診，我可能不會「順便」來看醫生，也就不會有這些檢查。照顧者哪裡有時間生病？其實是心裡不允許自己生病，必須要好好的，我們連生病的權利也沒有。許多照顧者是不是和我有同樣的想法？

電腦斷層幾分鐘就完成了，我一出來，換老人進去，檢驗師問我：「你要不要先走？等一下我們請志工送阿公回去。」我說沒關係，我答應阿媽要把阿公送回去，還是我送他回去比較好。

攙扶著阿公走回去，在旁人眼中，我們也像是家人吧。阿公說他們是從花蓮上台北的，因為身體不好，只能搬來跟兒子住。但是他很想念花蓮，那裡空氣好，天氣好，風景也好。

「台北空氣不太好啊。」我說。老人嘆了一口氣，不再說話。而我想起了花蓮的天空，一朵又一朵形狀完整的白雲；海岸山脈匍匐；太平洋在陽光照射下，湛藍透亮；白色浪花溫柔親吻著海岸。

而後，我彷彿看見了那支孤單的公車站牌，老人也曾在那裡等候一小時才來一班的公車嗎？也許是因為這樣，他才搬到台北來的？我沒再細問，但已經可以想像，兒子要上班，無法請假來陪診，於是，重聽的阿公與行動不便的阿媽只得相互扶持來看病。

在人生地不熟的台北，看病或者生活都不是一件容易的事吧？為什麼年長者不能在自己熟悉的社區養老？城鄉差距不只是兒童教育的問題，也反映在老年就養的困境中。近來有愈來愈多的論述指出，照顧老人不應該是照顧者獨力背負，甚至不該是一個家庭的承擔，而是國家的責任。

我攙扶著陌生的老人，突然湧上難以言說的溫情，彷彿他是我的長輩，他曾經為這座島嶼付出的努力與心血，或許對我的成長產生過些微影響，也許是他栽種的果實與菜蔬，曾給過我美好的飲食滋味。

自從成為照顧者，為了配合同行的老人，我的步伐不再輕捷，變得緩慢穩定。但我覺得自己能在這裡慢慢走著，陪他小小一段，真是幸福。

疊疊樂樂園

星期一的早晨，我照例陪母親去社區整合照顧服務站上課。當她起床時，父親已經由印尼看護阿妮陪著去另一個日照中心唱KTV了。母親照例要問：「爸爸呢？」我回答：「去唱歌了。」「今天星期幾啊？」她問。「星期一。」我回答。「星期一啦。阿妮呢？」「陪爸爸去唱歌啊。」「對齁。」母親恍然大悟，而後問：「今天星期幾啊？」……

像這樣的反覆循環，是一種

日常，而我也已經可以心平氣和、全然淡定的有問必答了。

走到服務站門口，母親突然問：「我們要去哪裡？」我告訴了她，她又問：「我們來這裡做什麼？」她並不是不知道，她只是不記得了。

星期一上的課是音樂律動，跟隨著年輕開朗、總是笑容滿面的老師唱歌、打節拍、肢體伸展。母親喜歡來這裡上課，她從年輕時就是喜歡人群的，對人也總是慷慨熱情。

小時候物資缺乏，我們住在公家宿舍裡，母親從裁縫店撿來一些布頭，就能幫我和弟弟裁製衣裳。我記得弟弟穿著背帶短褲在巷弄裡踢球，小小的背影多麼可愛，鄰居媽媽都很羨慕，誇讚母親手藝好。

連續幾個深夜，我都看見母親踩踏縫紉車的背影，而後，左鄰右舍的每個小男孩都穿上了背帶短褲。

從小我只要帶著同學回家，母親就要留人家吃飯，哪怕是在她育嬰事務最忙碌的時期，夏天也能端上炸醬麵，冬天則要張羅火鍋。曾經有將近十年的時間，我的工作室就在家裡，每天中午，父母親都要為我的三、四位工作夥伴準備午餐。飯菜吃膩了，就和麵煎蔥油餅、麵疙瘩、拉麵、餃子、韭菜盒子，麵粉在他們指間飛舞，可口的午餐端上了桌。

多年以後，當父母都已衰老，連和麵的力氣也沒有，我想為他們準備三餐時才發現，原來是這麼不容易的事。那十年的每一餐，甚或是過去五十幾年來的每一餐，都是那麼神奇。

服務站的這一堂課，主題是請長輩們說說自己的故鄉在哪裡，並且介紹一下有什麼特產。好幾位長輩都能侃侃而談，甚至欲罷不能，但我已經感覺到母親微微的不安與焦慮，她不斷轉頭望著我，雖然，流利的語彙與表達曾經是她的強項。

終於輪到母親，她說了自己的故鄉是河南，而後沉默。老師問她有什麼特產？她說離家時太小，不記得了；老師問她小時候最愛吃什麼？她說想不起來了。

老師努力引導，「你以前會做什麼麵食嗎？」母親搖搖頭，「我不會。」我差點忍不住要提醒：「蔥油餅、餃子、韭菜盒子……你很會做麵食啊。」

我聽見母親羞赧而抱歉的說：「我什麼都不會，就只會吃。」

那一瞬間我明白，關於自己的這些事，她已經不記得了。當母親開始遺忘，我總跟她說：「那些事忘了沒關係，你別忘記自己就好。」如今，母親開始忘記自己了。不管是飢餓、飽足、痛苦、快樂，關於自己的一切，她正一點一點的失去。所幸，我還記得她是怎麼樣的一個人。我感到寂寞的憂傷，也感到溫存的幸福。

我帶了一盒新鮮草莓回家，母親嘗了一個，覺得好吃，問我在哪裡買的？我說是在新開幕的購物中心超市裡。母親問那是在哪裡？我告訴她在信義區。她淡淡的回應一聲，沒再說話。

我問她：「想不想去逛逛？」

她回答：「再說吧，等我精神好一點。」

但我們都知道，她的精神不可能更好了，水腦症引起的失智，這兩年來已經摧折了她的體力與興致。整天懨懨的只想睡，卻又睡不著，連出門曬太陽對她來說都是個苦差事。我問自己，如果活到八十幾歲，還要勉強自己去做不想做的事嗎？於是，勉強她運動、出門，甚至是喝水，對我來說也成了苦差事。

我還清楚記得十幾年前，母親的體力與興致都很好，只要是台北新開了購物中心，便約著朋友一起去逛逛。他們的行程常是這樣安排的：早起先去醫院做例行的老人健檢，而後便到購物中心閒逛；到了中午，來到美食街覓食，吃飽喝足了，再搭公車回家。

自從外籍看護住進我家，照護父親並分擔家事之後，明顯看出母親從鬆懈變為懈怠，什麼事都不想做。加上水腦症的影響，連她持續近二十年的晨運也不再執行，整天只想待在床上，完全變成了另一個人。我為她申請了「長照二・〇」，她的情況果然比之前好了許多。只是，不用上課的日子，還是睡在床上不想起身，每當我去叫她起床，她總是問：「起床幹嘛？有什麼事要做嗎？」

她的視神經受損，電視、報紙都看不清，我也不知道她起床要幹嘛。但我確定她不能一直躺在床上，於是我為她安排了簡易的運動、重訓和疊疊樂，自己帶領她。

剛開始母親不願意玩疊疊樂，因為她的手顫抖得厲害，才碰觸到木條，還沒開始抽取，整疊就垮下來了。

「這個不好玩，我沒辦法。」她興味索然的說。

近來因為身體調整得比較好，顫抖情況也緩解，於是，我邀請她回到桌前，重新疊起來。剛疊完十層，她可以輕巧的抽出木條再往上疊，一面保持平衡與穩定，一面往上堆疊，最高紀錄竟能疊到二十層，簡直是神乎其技。

這是母親的疊疊樂樂園，其實也是我的。做為一個照顧者，有許多不足為外人道的苦楚；突如其來的狀況、累積已久的情緒，就像顫抖的手指，一碰生活就崩塌，嘩啦啦摔了滿地。可是，倒了重新再疊好，又是新的一輪，日子就這樣過下去吧。

牽著媽媽去上學

前年夏天，一個燠熱的午後，我牽著母親的手，推開了攝影社的玻璃門。還沒開口說話，正在吃泡麵的老闆娘抬起頭望向我們，而後說：「拍身心障礙手冊的相片嗎？」她的口吻聽起來很尋常，我的心臟卻被重擊了一下。原來，母親看起來已經如此明顯了。

那時候的她，因為水腦症與小中風引發失智，雖然我用盡一切力量來照顧她，卻無法改變她的失能，她不知道時間；無法分辨空間；說過的話與做過的事都不記得；她的目光遲滯，彷彿置身於另一個時空中。腦神經內科醫師對我說：「幫媽媽辦身心障礙手冊吧。這樣比較方便些。」

而又因為攝影社老闆娘的一句話，讓我決心申請「長照二・〇」。經過了一連串的訪視之後，母親像一個入學新生那樣，被安排了屬於她的課程。有職能治療師與物理治療師每週到家裡為她上一次課，原本整天只想躺在床上、肌肉迅速流失的母親，可以做許多運動了；原本提起筆來一個字也寫不出來的她，能夠好好簽下自己的名字了。不久，我們又報名了社區整合照顧服務站「石頭湯」課程，每個星期一去服務站上音樂律動課。

一個班有十位長輩，第一次上課時的場面，令我感到驚訝和悲觀。原來，並不是所有的長輩都像我的母親這麼期待上課，有坐著輪椅而來的長輩，因為中風，身體不方便，根本不想留在這裡，滿臉不樂意的拍打著陪同者，想要離開。也有一開始就暴走的長輩，大聲呼喝，怒氣沖沖，揮舞著拳頭，不願坐下來上課。

可是，個子不高大、能量卻很充足的劉翠蘭老師真是個鋼鐵玫瑰，她不為所動的帶領大家唱著〈茉莉花〉，一邊使用道具律動身體。一小時的課程結束後，母親閃亮著笑容，說下星期還要來。

這是為輕微失智的長輩設計的課程，劉老師雖然年輕，卻很有耐心，懂得如何鼓勵長輩，引導他們回答問題、開口歌唱、協調肢體。之前不想上課的長輩還是繼續來上課，他們臉上的愁怒已經被柔和的喜樂所取代。

下起滂沱大雨的那一天，長輩們雖然都淋溼了，還是陸續到班上報到。當坐著輪椅、穿著雨衣的長輩也出現時，現場響起熱烈掌聲，我為自己的悲觀感到慚愧。

劉老師曾經是鋼琴老師，她如今彈奏的，是因疲憊與迷失而喑啞的靈魂之弦，這些靈魂甦醒，發出動人的明亮樂聲。

我一直試圖將自己的手從媽媽的掌中掙脫出來，邁開步子向前奔跑，只有六、七歲的我，對於上學這樣的事總是迫不及待。可是媽媽把我攢得緊緊的，絲毫不肯放鬆，她總是有很多的顧慮，擔心突然有車子疾馳而過，擔心巷子裡衝出失控的大狗。快到校門口時，終於成功滑脫了媽媽汗溼的手，往前奔跑了一段路，然後回頭看著她有些無奈的快步走來。其實到這裡，送我上學這件事也就差不多了，她會讓我自己走進校門；而且不久之後，因為在家裡從事育嬰工作，她再也沒有送我上學了。

五十年後，我們再度牽著手去上學。這一回，媽媽是學生，我成了家長。媽媽依然把我的手攢得緊緊的。

我們每星期要走一段路到社區整合照顧服務站，去上為輕微失智者開設的音樂律動課。自從媽媽因水腦症而有了失智狀況，我們度過了幾個月的艱苦時光，起初是家中成員無法接受，為什麼一個人突然就搞不清楚白天晚上了？為什麼同樣的話一說再說，同樣的事不斷糾結？應該喝水卻不喝水，吃過飯了還嚷著餓？

父親覺得老婆變了一個人，不知道該如何相處；兒子覺得老媽可能中邪了，應該帶去驅魔；只有我是最淡定、最能面對現實的，因此，我不驚惶也不憤怒，唯有憂傷。

我知道媽媽困在茫然無邊際的迷霧中，連自己也找不到，又如何能要求她顧慮到家人的感受呢？

「她簡直就是不可理喻。」

「她根本不願意溝通，給我裝傻。好啊，從此以後我再也不跟她溝通，她的事不要來煩我。」

在這些焦躁的抱怨話語中，我沉默。只是走進迷霧裡，為她安排座椅休息；為她留下許多線索和謎底，讓她不致繼續沉落。有時候就只是留在她身邊，讓她感覺自己不是孤獨的。

當我申請了「長照二・〇」，那真是黑暗中的一道曙光。媽媽從每天賴床不起到期待課程，遇見許多老師、志工和同學，她能完成自己的藝術作品，找到一群新姐妹，開心的唱歌跳舞，各方面的功能都恢復得愈來愈好。對失智者來說，雖然沒有藥物能治癒，但我相信，接觸人群、從事團體活動、找到自己的興趣，對於認知與生活趣味都有很大的幫助。

看著長者們在台上表演，我用力鼓掌，把手都拍疼了。牽著媽媽的手去上學的每一天，我都覺得很感激，因為不知道能送到哪一天，所以格外珍惜。

照顧者內心的曲折

我們明白了一件事的內情，與一個人內心的曲折，我們也都「哀矜而勿喜」吧。

——張愛玲

不在身邊的最珍貴

我的朋友依旋過馬路時被機車擦撞，跌倒在地，當下並不覺得很嚴重，可以自己翻身爬起來。當晚睡了一覺，第二天才發現，脖子無法轉動，全身痠痛不已，癱在床上大半天，到了下午才掙扎起身，急電念研究所的兒子帶她去醫院。

兒子問她怎麼會搞到這麼嚴重？「還不是因為你大姨……」話還沒說完，瞬間放聲痛哭。許久以來的壓抑和委屈，都在這一刻決堤。

依旋離婚後賣掉自己的房子，搬到距離父母一條街的地方，為的是就近照顧八十五歲的父親和八十歲的母親。依旋的哥哥在大陸工作，台灣只有依旋和姐姐。姐姐嫁入豪門，又做直銷，可以說是家中經濟情況最好的，然而，她對父母的照顧卻很少，只在逢年過節時，給父母一人一千元。

依旋剛剛退休，兒子尚未獨立，退休金又面臨縮水，可是，她每個月都還要給父母一萬五千元零用金，讓他們安心生活。每次到大賣場採買，總會將大分量的食品、日用品分一半送回娘家。每天晨昏定省，父母要就醫，是她掛號、跑腿；父母想出門走走，由她負責開車。

母親不只一次說過：「還好有你在，讓我們可以安心度過晚年。」這樣的話語，是支撐照顧者最大的力量。

姐姐不但兩、三個月才出現一次，平常連電話也很少打回家，除非是老公又劈腿了，需要哭訴的對象，才會打給母親。

父親常常喜歡對親戚朋友誇耀女兒嫁得有多好。姐姐難得回家，帶一串美國無子綠葡萄，父親便提起葡萄與姐姐合照，笑得合不攏嘴。甚至在臉書貼文：「大女兒又回來看我了，還帶了很好吃的葡萄給我，真是太孝順了。」

底下回應一句句：「真羨慕有這樣的女兒。」

「這種孝順的孩子一個抵十個。」

「一定是上輩子燒了好香。」

依旋看著覺得反胃，事實上是姐姐三個月沒出現，父母一直念叨個不停，依旋打電話去講到翻臉，姐姐才勉強回來的。

父親並不知道，出於虛榮而做的炫耀，對真正的照顧者女兒來說，是多麼的嘲諷與不平。被照顧者很難體會照顧者的心情，更別說是需求了，因為被照顧者多半是以自我為中心，他們無法顧慮別人。

當依旋跟我說這件事的時候，仍是氣憤難平。

我對她說：「你沒聽過『親戚遠來香』嗎？或許兒女也是『遠來香』吧。」我想，依旋的父親只是把無微不至、一直在身邊照顧的小女兒視作理所當然了。

這一次，母親特意下廚請依旋姐妹倆吃飯，就是想化解兩個女兒之間的心結。

姐姐來了之後，父親忽然想起姐姐最愛吃無子綠葡萄，便支使依旋出門去買，依旋沒好氣的說：「她應該天天吃吧，何必特別去買？可以吃別的水果呀。」

父親叫不動依旋，於是催促母親去買，依旋只好心不甘情不願的出門，過馬路時才嘀咕著：「愛吃幹嘛不自己買？」就出事了。

我去探望她，對她說：「別計較其他人做了多少，那只會讓你不快樂。

如果不是你在父母身邊照顧他們，他們是不是很孤單、很無助？也許不在身邊的最珍貴，但我們這些在身邊的才是必需。」

我不只是安慰依旋，我真心的如此相信，才能將照顧之路繼續走下去。

被「照顧」囚禁的犯人

在一場關於照顧者的演講過後，一位瘦削憔悴、目測約四十歲上下的女子來到我面前。她說她也是照顧者，其實，不用說明，她臉上的疲憊與無助已經表露了身分。她說母親輕微中風，復健後行動自如，只是，原本不好相處的個性，變得更加難搞了。母親跟哥哥、嫂嫂翻臉後，搬到姐姐家，不到三個月又鬧翻了，她只好接手。母親到她家時，哭哭啼啼的訴說自己的命苦、兒女的不孝，又說還好生下這個小女兒，否則就要流落街頭了。

剛開始，母親的需求她盡量滿足，陪著母親去逛市場、去看電影、去百貨公司購物。然而，每當她加班晚點回家，母親就賭氣不吃飯；如果休假日她要跟朋友或同事相約出門，母親竟然整天不吃飯。她出門時再也不能開心自在了，總是提心吊膽，回到家還要安撫母親的情緒，好言好語的拜託母親吃東西。

她向兄姐求援，而後得知母親對嫂嫂的態度更為惡劣；姐姐則是冷笑一聲，「你現在知道了吧？」

她只好跟母親攤牌，「媽，我都四十歲了，我要有自己的生活。你又不是小孩子，為什麼不能照顧自己呢？」

母親情緒激動，「我就是小孩子！我就是小孩子！你要像照顧小孩子一樣照顧我，這就是報恩！你懂不懂？什麼叫作自己的生活？你的生活就是要照顧我！」

四十歲的小女兒覺得自己不是照顧者，她是母親的囚犯。

囚犯與照顧者同樣是不自由的，卻有著些微差異——囚犯犯了罪，必須受刑罰；照顧者心中愧疚，也在受刑罰。

幾位好友約她一起去東部旅行，看看秋天的金黃稻穗，母親當然不准她出門，一下子說她工作這麼累，應該好好在家休息；一下子說火車很危險會出軌，最後對她說：「好啊，你出門不要管我，等你三天以後回來，看我死了沒有。」小女兒的眼圈紅了，她問我：「我該怎麼辦呢？」

聽著小女兒的敘述，我比較震驚的是一個年近七十的母親吶喊著：「我就是小孩子！」她不只是小孩子，還是一個任性的孩子，或許，她一輩子都沒準備好長成一個母親、一個大人。

當她童年時，不知在什麼時候、什麼情況下，靈魂停止了生長，而在臨老時蛻去成人外殼，成為一個需索無度的任性小孩，用愧疚感囚禁了女兒。

小女兒成為她的照顧者，也成為她的囚犯。

不能休息的捕手

家族中第一個請外籍看護的是二伯，他是父親的二哥，戰亂中隨著單位來到台灣。晚年時癌症纏身，雖然控制得宜，體力卻大不如前了。二伯獨居在淡水，八十幾歲時，出門辦事滑了一跤，於是意識到身邊不能沒人照顧，請了一名印籍看護阿娣。阿娣的中文不太好，但基本溝通不成問題，由她照顧二伯的生活起居之後，二伯覺得輕鬆許多。

某一天，二伯在電話裡和母親說，他半夜起來上廁所，不小心摔了一跤。這件事在家裡掀起熱議，不是有阿娣在身邊，怎麼會讓二伯摔跤呢？請了看護的目的不就是防範二伯摔跤嗎？做為一個看護，怎麼可以睡得那麼熟呢？

所幸，二伯只是皮肉傷。

一個月後的農曆新年，家族成員都來家裡吃團圓飯。我照例發紅包給長輩、晚輩，也準備了一個紅包給阿娣。當她接過紅包時，我溫和的微笑著對她說了這樣一番話：

「謝謝你照顧爺爺。爺爺年紀大了，不能摔跤，我們都要靠你嘍。晚上爺爺起來上廁所，記得要陪在他身邊喔。」

阿娣靦腆羞慚的對我說：「對不起。以後不會了。」

那時候父母親的身體還很健旺，大部分的年菜都是他們張羅的，我根本沒想過照顧是怎麼回事，照顧者過的又是怎樣的生活。

後來，回想阿娣來台灣時光潔的臉孔，卻在幾個月之後長滿痘痘，吃得不多卻一直發胖的身軀，或許都是照顧者症候群——睡眠不足、壓力過大、營養不良，造成內分泌失常的結果——絕不是因為吃得太好、日子過得太安逸，只是有些雇主誤解了。

後來，我回想自己過年時對阿娣說的那些話，覺得非常懊悔。她並不是全天二十四小時電力滿滿的機器人，只是個有血有淚、會疲憊、會低落的人類照顧者。

後來，是什麼時候呢？二伯過世半年後，父親因藥物影響爆發了思覺失調症，在此之前，情報員的訓練應該讓他隱忍了相當時日，才會以這樣爆烈的樣態發作。我們請了印籍看護阿玉來家裡照顧，她和我們一起度過許多艱難時刻，如果沒有她，我根本撐不下來。很長一段時間，父親失眠並且躁動，我和阿玉輪流起床應付。

父親吃了安眠藥，睡得仍不安穩，一夜要起床好幾次，連帶的我也神經緊繃，食不知味，無法休息。三月底某個春天的夜晚，父親吃了安眠藥上床，我還在工作，阿玉去洗澡。過了一會聽見父親的動靜，我立刻過去扶他如廁，上完廁所，他要求穿紙尿褲，就在我轉身去拿紙尿褲的那三秒鐘，父親突然摔倒了。這一跤摔得髖骨斷裂，必須動手術。聽見我們的驚呼聲，阿玉從浴室衝出來，幫忙把父親從地上扶起來，她的頭髮還是溼漉漉的，臉色蒼白，渾身發抖，不斷的說：「對不起啊，對不起，真的對不起啊。」

我安撫她，「別怕，沒你的事，是我害爺爺摔跤的。是我的錯，都是我的錯。」

都是我的錯嗎？在那樣的瞬間，我想到了阿娣，想起自己對她的要求根本就是苛責。做為一個照顧者，連短短三秒鐘的時間也能出錯，該有多麼大的壓力。

照顧者就像一個捕手，不管被照顧者投來的是直球、曲球、蝴蝶球，各式各樣的變化球，乃至於失控的暴投，都要拚了命的穩穩接住。灰頭土臉，甚至遍身傷痕也要接，萬一漏接了，也是可以體諒的吧？畢竟，照顧者是不能休息的捕手，「觀眾」又怎能有過高的要求呢？

照顧者的等級

「為什麼在我做了這麼多事之後，得到的不是感激，而是責怪？」

「為什麼其他的手足可以完全置身事外，只有我孤軍奮戰？」

「為什麼成為照顧者之後，忽然變成家中等級最低下的那個人了？」

到底是什麼情況，讓不能休息的捕手成為如此孤獨、等級低下的人呢？當然是坐在高台上的「觀眾」。

他們可以衣著整潔、纖塵不染的旁觀激烈球賽，還可以指手畫腳、任意批評，忘記了自己原本也應該是場上的打者或捕手。那位暴投不斷的投手，其實也是他們的家人或父母。

急診室的醫師朋友對我說：

「被送進來的老人身邊會有一位形容憔悴、意志消沉的人，一看就是主要照顧者，他的臉上甚至沒什麼表情，只有疲憊。接著來的是其他家人，精神飽滿、情感豐沛，一聲聲的問：『怎麼會這樣？前幾天不是還好好的？怎麼搞的？』」

朋友說，他真的很同情那個照顧者，很想對其他人說：「你們如果天天在照顧，就會知道怎麼搞的了。」

演講時遇見一個四十幾歲的單身女子思瑜，因為她的工作不穩定，其他兄姐經濟狀況好得多，便請她先辭職，由兄姐們支付生活費，讓她專職照顧臥床插管的母親。思瑜搬回家與母親同住，原本以為不過是一年半載的權宜之計，沒想到已過了三年，一年三百六十五天沒有一天可以鬆懈休息，更不要說是出外旅行了。

照顧者症候群一一來報到，醫生說她的內分泌失常，必須調整生活型態。她和兄姐們商量，是否可以請專業看護？姐姐問她：「那你的生活怎麼辦？要出去找工作嗎？你已經快五十歲了。」她告訴姐姐，她不是為了不想工作才照顧母親的，只是她現在已經達到極限了，想要休息一個月。

過兩天，大哥打電話來了，義正辭嚴的對她說：

「有錢的出錢，有力的出力。你有你該做的，我們也有我們自己的事情要做，每個人都把事情做好，就沒有問題了。你現在這樣擺個爛攤子，是想要誰幫你收拾呢？」

思瑜說，過去三年，那些難熬的夜晚，都是她獨自在撐，等到母親狀況平穩時，兄姐回來探望，似笑非笑的說：

「情況還好嘛，哪有你說的那麼糟？你自己要放輕鬆。待在家比上班好太多了，沒有那些明爭暗鬥，想休息隨時可以休息，多輕鬆。」他們是談笑用兵型的觀眾，看不見場上的塵土飛揚。

兄姐們一、兩個月才回來探望一次，他們不知道照顧到底是怎麼回事。思瑜講述這件事時，還是忍不住掩面痛哭。她哭的是家人如此冷酷，無處可以求援，彷彿成為獨力照顧者，是他們給她的恩賜。

「我當初就不該辭職；不該成為媽媽的照顧者；不該拿他們的錢；我也很想成為只出錢不出力的孝順女兒啊。」她哭著說。

若蔓和先生經營連鎖店的生意，為了拓點，經常國內外到處奔波。母親急症過世，她沒來得及盡照顧之責；父親生病時，她便扛下照顧的責任。父親是重男輕女的老派人，一直希望兒子能隨侍在側，但是弟弟總是有千百種不出現的理由。

「我要照顧孩子啊，你知道單親爸爸是很辛苦的。」其實，他最小的兒子都已經上大學了。

「距離那麼遠，我又沒有車，很麻煩。」從苗栗到台中應該不算太遠，有火車和巴士可搭。

若蔓為父親請了外籍看護，可是，父親沒有安全感，一定要有自己人陪在身邊才放心。先生和她約好一起去法蘭克福參展，她拜託弟弟回家陪父親幾天，弟弟又是各種推託藉口，若蔓忍不住說：

「照顧是很累的事，你就不能分擔一點嗎？爸爸不是我一個人的，他當年還賣掉房子供你出國念書呢。」

「你累什麼？你不是有錢又有名，很有成就、很有辦法嗎？」

若蔓瞬間說不出話來，她明白，弟弟對她的人生非常不滿。從小優秀的弟弟一直覺得有錢、有名又有成就的人應該是他。

「你現在知道人生的真實面了吧？世界本來就是不公平的。」

若蔓沒有再跟弟弟求援，她懂得了一種幽微的心態，這個觀眾是來看她心力交瘁、看她出紕漏了，才能求取優越感，覺得自己終於凌駕於上了。

很多時候，照顧者的等級是低下的，不管曾經是弱勢或強勢的那一個。

在照顧現場，照顧者感受到自己心中的曲折，也看清了高台上觀眾的樣貌。那些願意走進場中、為照顧者遞一杯水或是送上一個擁抱的人，都是品格高尚的貴人。

看似不重要的小事

媽媽的訂製日曆

童年時家裡總懸掛著一頁一頁厚厚的日曆，過完一天，就撕一頁，當日曆愈來愈薄，一年也就將要結束了。

那時的日曆多半是米店送的，有時候也會把重要事項記在上面，像是「打預防針」、「大掃除」、「繳水電費」等等。星期一到五的數字是黑色的，星期六是綠色的，星期天則是紅色的。紅字是放假的日子，小時候真希望日曆撕得快一點，就可以放假了。

當我漸漸長大，日曆的功能也消失了，家裡掛上的是一本本色彩鮮亮、印刷精美的月曆。

我還記得，最後一本日曆成了我的草稿紙，我在上面寫了武俠小說，一個女扮男裝的俠女闖蕩江湖的冒險故事。從元旦寫到五月，因為要準備考試便放下了，這本日曆武俠小說，永遠沒有完成。

去年年初，我收到了《小日子》雜誌的日曆，比起以前的日曆，體積要輕薄短小些，卻是文青味十足，尤其是右下角的人形與文案，像是「我的專長就是耍廢。」；「你知道二月只有十三個工作天嗎？」；「今天的我，比脆笛酥還脆弱。」等等。

我正思考著該如何文青式的運用這本日曆，沒想到，家中一連串的發生了許多情況，失智的媽媽搞不清楚每天的日期與時刻，不記得自己吃過飯沒有，也弄不清吃的是哪一餐。職能治療師為她設計的簡單運動，她總是能拖就拖，賴著不想做。為了吃飯和運動，時不時鬧脾氣。我找出《小日子》日曆，對她說：「日曆上面有日期和星期，我會把你每天該做的事寫上去，做完了你就打勾。這樣就不會弄錯了，好嗎？」

媽媽問：「誰寫？」

「當然是我寫啦。」

「那就好。我可不會寫喔。」有段日子，母親連自己的名字都忘了怎麼寫。

我在日曆上寫下「早餐」、「午餐」、「晚餐」，也寫下「甩手」、「轉脖」、「踢腿」的運動項目，做完了就在下面的框框裡打勾。當媽媽忘記或要賴時，我便用上哀兵政策，「我累得都沒時間睡覺，親筆寫了這些，你連打勾都不願意，我好可憐喔。」

媽媽覺得不好意思，便笑著去打勾了。

有人建議我用橡皮章蓋一蓋就好，每天都親手寫，不是很麻煩嗎？

如果用橡皮章蓋，媽媽應該沒有打勾的動力吧？這種幽微的情緒，唯有照顧者才能明白。

照顧者對被照顧者的態度是變化萬千的，有時候媽媽是我幼小的女兒，有時候是慈愛的母親，有時候是頑皮的學生；而我有時哄著她，有時跟她撒嬌，有時毫不妥協的下指令。

要發自內心的真誠，又要唱作俱佳的表演，還要整理自己錯亂的情緒，這一切都是日常。

從一月到十二月，媽媽的客製日曆，我已經寫得比日曆武俠小說更久了，雖然不知道這樣的努力，對於照顧失智者的這個江湖有沒有用，但我會繼續闖蕩下去，哪怕有些冒險。

爸爸的助聽器

和工作夥伴吃便當的時候，聊起要幫老爸配助聽器，這已經是他第三次配助聽器了。餐桌另一頭的年輕夥伴小霈突然抬起頭，發出一聲喟嘆：「助聽器啊。」她的臉上有著複雜的表情。原來，小霈的爺爺今年八十五歲，最近也正在試戴助聽器。「每次試戴，爺爺都很不開心，他總是希望能回復到以前的聽力，可是，那根本就是不可能的事啊。」

小霈的爺爺雖然已經退休多年，由兒女們奉養，卻仍然是家中的權威大王。約莫五年前開始，爺爺的聽力退化了，脾氣變得更壞，只要看見家人在交談而他聽不見，便要嘔氣，說是自己完全沒有尊嚴。

「問題是，我們談的事情，本來就跟他一點關係都沒有呀，他有沒有聽見根本沒差。」但是爺爺覺得很有關係。

有段時間，家人相聚時為了顧慮爺爺的感受，都嘶聲大吼，形成一種荒謬景象。吼著吼著也累了，於是怠懶說話，成為一種奇異的沉默。姑姑帶著爺爺去檢查聽力，並且帶回醫師的指示：大聲並不能幫助重聽者，應該湊近耳邊，用正常音量反而聽得清楚些。於是，爺爺要求每個人都得湊近他的耳朵，對他說話。八十歲的奶奶才剛動完更換膝關節的手術，行動不方便，卻也得走到爺爺身邊跟他說話，這是兒孫們看在眼裡最覺不忍的事。

父親節前，兒女們合資為爺爺配了一副最新型的助聽器，為的是讓奶奶不用再那麼吃力的跟爺爺說話。

助聽器試戴專員來家裡時，小霈正好在家，聽見專員說：「男性長輩的聽力通常比較不好，是因為他們沒有自己努力去聽，而要求大家配合他。女性長輩願意配合大家，努力去聽，聽力退化比較慢喔。」小霈於是意識到，這幾年來，爺爺一直不肯配助聽器，因為全家人都是他的助聽器，所有人都要配合他。

期望別人配合自己，便是退化的開始。我在心中反覆咀嚼著，做為惕勵。

助聽器試戴專員來到我家，為九十二歲的老爸做了幾個測試之後說：「爺爺的聽力其實沒有那麼差喔，只是爺爺可能沒有努力去聽，因為家裡的人都會配合他……」我怵然而驚。到底是相似的「爺爺症候群」？還是同樣的助聽器公司？

同時我也思考，爺爺們期待晚輩們可以靠近他，對他輕言細語，為什麼晚輩們卻不願意靠近，情願扯著嗓子喊到聲嘶力竭？

「你們這麼大聲，像打雷一樣，我什麼都聽不見，吵死了！」爺爺們怒吼。晚輩們索性不再說話，離得更遠了。

到底為什麼晚輩不願意靠近長者呢？

「老年人身上有股難聞的氣味。」這是以前常聽見的原因。或許是因為長期服藥，消化不良，加上個人衛生習慣不好，所以產生了連沐浴也無法去除的氣味。

可是，除此之外，或許有個更潛在而重要的因素——爺爺們一直在家中強勢控制，成為一個專制的暴君，雖然他已衰老，依然散放出令人不安、想要逃避的氣場，誰會想要親近呢？

那天，在電梯裡遇見一個鄰居，她看起來有些疲憊，對我說：「張爸爸有配助聽器吧？我們最近接公公來家裡住，他重聽，我們喊到都『燒聲』了，他還說自己沒有尊嚴，一直發脾氣。叫他配助聽器，他就是不肯。」

「是重聽還是全聾？」

「檢查過了，是重聽。」

「其實，不用喊那麼大聲。」我對她說：「你們可以試著靠近他的耳朵，慢慢跟他說，他可以聽見的。」

「真的嗎？」鄰居顯出很驚訝的樣子。

「是啊，他需要的就是尊嚴和溫柔，如此而已。」我由衷的說。

照顧從來不容易，多一點同理心，就會讓照顧這件事變得順利一點。

配合他們的腳步

微涼的風吹過梧桐樹，發出沙沙的聲音，我牽著母親的手，跟隨著父親的腳步，緩緩走在上海淡水路上。印籍看護返國休假一個月，我便決定在上海親人的支援下，帶著父母親去上海小住幾日。知道我將一個人帶著九十三歲的父親與八十四歲的母親出國，朋友們都有些擔憂。

旅行社幫我規劃行程的好友，甚至親自來機場送機，確認我們順利出境。重聽加上行動不便的父親、失智加上視力損傷的母親、嗅覺喪失又扭到腳的我，真的可說是一場「老殘遊記」。

午後，我們便入住了預先訂好的酒店公寓，位於淡水路的另一個家。

六月的上海，原本猛熱了幾日，我們抵達前下過雨，天氣變得涼爽舒適。親人為父親借來一把輪椅，每一天，父親推著輪椅練習走路，我則是牽住重心不穩的母親，和他們一起散步。我們起初只是在庭院裡繞著圈圈走，母親像孩子似的，指給我看，那一叢叢盛放的紫花、紅花，以及橘子樹上結滿的小橘子。

「這麼多橘子，是冬天了吧？要過年了嗎？」母親欣欣然的問。

「不是的，現在是夏天，快要過端午節了。」我對她說。

「我跟你說啊，端午節還沒過，就不能算夏天，你看，這天氣不是還挺涼的？」

母親有時會對自己分不清時間與空間感到羞赧，於是再作解釋。我點點頭，沒有說話。因為我知道，這樣的對話，明天還會再來一遍。

就像她總是說：「我從沒來過上海啊。」事實上她已經來過好幾次，只是不記得了。

我還記得我們頭一次結伴來上海，約莫是在十五年前，父母還不太老，精神體力都很不錯，一整天可以浦東、浦西來回逛。早晨起來還去附近公園做運動，回來之後告訴我，他們遇見了什麼有趣的人與事。

四年前，我們先到上海，再轉往西溪溼地，母親在上海的旅館裡躺了兩天，幾乎睜不開眼睛。從那時候開始，她的體力就衰退了，是我一直沒有正視。孩子長大、父母衰老，都是必然現象，卻總是令人心驚。

這一次，我們只能在住所周圍慢慢逛，從淡水路、太倉路到馬當路，連近在咫尺的淮海中路也沒走過去。父親突然停下來，原來是一隻花貓經過，他微笑著指給我看。一向快步行走的我，為了配合他們的腳步，走出前所未有的緩慢，像是初初學步的幼兒。瞬間感到恍惚，到底是我牽著母親，還是母親牽著我？

常有人問我，照顧是一件怎樣的事？

其實都是些看似不重要的小事，日復一日的重複著，直到最後。

最後之後呢？這些小事成為閃閃發亮的珍貴回憶，唯照顧者獨家擁有。

National

叁／

輕安自在做大人

大人是有承擔力的，
勇敢、自信、慷慨，
在必要時願意接住墜落的人。
最困難也最重要的，是接住自己。
接住自己，
就是接受自己。

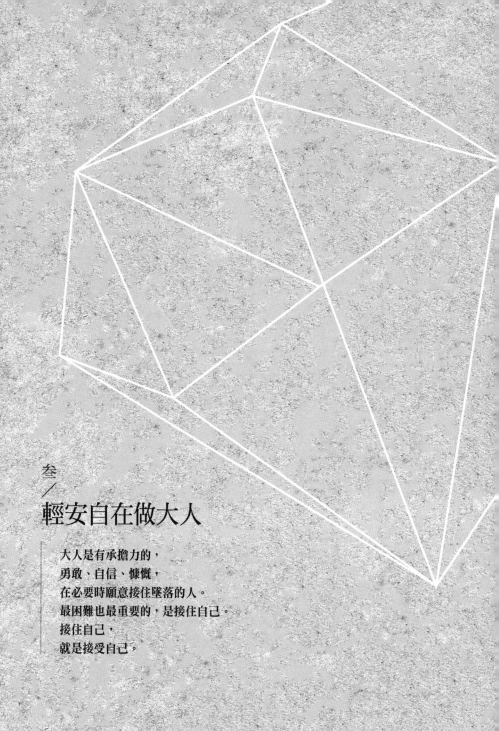

大人的雋永

他們可以做得到

和年紀相近的朋友聚在一起，談起年輕人不免搖頭嘆息，有時候也說：「看著他們做事的態度，不免會想，我們年輕的時候是不是也和他們一樣？」

一直記得大學時，常被老教授訓斥，「一代不如一代」、「於國於家無望」，我們的髮型、服裝、舉手投足，看在老人家眼中都是粗俗、無禮、墮落，然而，我們就這樣長大了，不知不覺來到中年。其實，我很想對中年朋友說：「不用過度為年輕人擔憂，倒是應該好好經營自己的中年期。」

因為年輕人會成長，而我們卻漸漸老去。

《論語・子罕》裡這幾句話，中年重讀更有感覺：「子曰：『後生可畏，焉知來者之不如今也？四十、五十而無聞焉，斯亦不足畏也已。』」

哪怕是孔子也不敢看輕年輕人，因為他們有更大的彈性與可能性，況且，他們擁有的是未來，是我們無法想像的未知。

在大學教書的二十幾年間，看盡了學術界的各種鬥爭。因為不想捲入任何風波，又無力改變現狀，只好獨善其身。我並不喜歡這樣的自己，所以試著突破現狀，希望消弭兩派之間的歧見。難道不可以有第三派嗎？如果第三派是為化解衝突而產生，人數又能多過兩派，是否就能讓爭端止息？我持續努力了好幾年，看似有轉機，但只要是和個人利益有關，像是排課時數、申請研究經費的機會等等，立刻破壞和諧關係，最終還是功敗垂成了。

於是，我益發的沉默。只認真的把課教好、把學生帶好，就算是盡了一個教師的本分了。同時，我的學生也成為老師，進入中、小學任教。他們多半是充滿熱情之人，然而在某些教學環境中，需要的並不是太多的創意與付出，年輕老師的與眾不同，反而成為其他同儕的壓力，難免遭到排擠，感到壯志難伸。

於是，當那個懷抱理想的學生，考進國中成為正式教師，並且告訴我學校的現狀時，我便給了她一個「很中年」的勸告：

「如果能改變環境，當然最好。如果改變不了，只要好好教書，盡好本分就可以了，不要讓自己受到傷害。」

結果，這位女老師花了兩年時間，以推廣閱讀將校園變得充滿活力，她策劃了許多活動，讓老師們帶領學生熱烈參與。原本靜觀其變的校長，也變得積極主動了。後來，她接下了圖書館館長的職務，更積極的策劃各種活動，並且寫出精采的企劃案，向教育當局申請改造圖書館的經費。申請成功後，圖書館改造成「哈利波特風」，成為學生們流連忘返的基地，不僅是硬體吸引人，更舉辦了各式各樣的活動，讓圖書館充滿家的溫暖與愛。二〇一九年，在眾人的努力下，獲得教育部評選「全國最美共讀站」的殊榮。

只要有決心、有方法，年輕人可以做到的更多。倒是我們這些中年人，如果還沒能建立個人風格，這可是最後的機會了。

我曾寫下這樣一段話：

睿智、慈悲、雋永，「大人」的存在，就應該閃閃發亮。

「睿智」與「慈悲」都很容易理解，不只一次有人問我：「『雋永』是什麼？」

中年人的雋永，就是對世界有自己的看法；耐人尋味的言行；不追隨流行，而能顯示出獨特品味；讓年輕人由衷的說：「我希望老了能像你一樣。」

聽到這樣的話，雖然心中忍不住嘀咕：「我哪裡老了？」卻還是忍不住微笑了。

每天工作十六小時

郭台銘在一場科技大學的畢業典禮致詞，勉勵在場年輕人，對他們說，只要跟他一樣，每天工作十五、六小時，沒有週末休假，堅持四十五年，每個人都能超越他。

這番話若出現在四十年甚或三十年前，看著站在台上的台灣首富，或許真能鼓舞、激勵許多年輕人，興起「大丈夫當如是也」的氣概，一腔熱血、發憤圖強。可惜，今時今日的時空背景已大不相同，在年輕人的社群網路上，引起的是詫異與訕笑。

對四、五年級生來說，付出一切努力打拚未來，是理所當然的事，卻令年輕世代感覺極為荒謬。新聞熱議那段時間，我非常深刻的感受到所謂的世代差異與隔閡。

五年級朋友心梅對我說：「我也覺得荒謬。過去三十年來，我真的是犧牲了許多假期，沒日沒夜的投入工作，不過，我並沒有成為首富啊。」

她嘆了一口氣，無奈的說：「可是，除了這樣，我也不知道自己能有什麼選擇。」

我了解心梅奮鬥的過程。她和先生合力經營進出口生意，公司裡有一間休息室，忙碌的時候，只能和先生輪流睡在沙發床上。大陸開放設立工廠，他們是頭一批勇闖的台商，一起進去的同業，好多都鎩羽而歸，心梅總說他們是特別幸運的。為了視察工廠，她曾在顛簸的道路上乘車十幾個小時，上不了廁所，反覆發作的膀胱炎，讓她飽受折磨。而她的丈夫因為長年應酬與熬夜，得了肝硬化，五十幾歲便撒手人寰。

丈夫是家中唯一的兒子，自從父親過世，留下不少債務，丈夫便發誓要盡一切力量讓家人過上好日子。他幫助了姐姐、姐夫，還資助兩個妹妹出國留學，他返鄉在村子裡蓋最豪華的別墅，讓母親揚眉吐氣。

心梅是在香港商展上遇見丈夫的，發現他是最早出現在攤位上、最晚離開的人。他們倆都喜歡經營生意，談得很投契，便走在了一起。

心梅也有家庭負擔，父親有了外遇之後，便不理會她們母女三人。母親情緒不穩定，必須請專人照顧。妹妹很年輕便懷孕生子，潦草的結了婚又離婚，帶著一個孩子，過著不斷戀愛又不斷失戀的生活，從來沒有穩定的工作。

心梅覺得自己必須照顧母親和妹妹，那是她的原生家庭；父親已經拋棄的，再怎麼困難，她也不能像父親一樣。

我知道她時常一天工作不只十六小時。「那麼，你會後悔嗎？」我曾經這樣問過她，她的回答我永遠忘不了，「這就是我的天命吧。」

四、五年級不僅拚命也很認命，或許因為這樣，才共同創造了台灣的經濟奇蹟。我認識的太多同輩朋友，都是結結實實付出了慘痛代價的：有人疏離了與家人的關係；有人與曾經相愛的伴侶離婚；有人毀壞了健康；有人犧牲了臟器……到底值不值得？

他們的初衷只是想多賺點錢，讓家人過上好日子。他們上有老、下有小，什麼人都考慮到，卻沒想過自己。許多人年屆退休，卻還擔憂著無法為兒女買上一間好房子；許多人明明退休了卻仍辛勤工作，還想為孫子賺滿出國留學的錢。

台灣的週休二日，是從一九九〇年代逐漸推行的，到二〇〇一年全面實施。對七、八年級生以下的族群而言，一週工作五日是天經地義的；每天工作不超過八小時是基本權利；不支薪的加班是違法的，「每天工作十五、六小時，沒有週末休假。」簡直是天方夜譚。什麼樣的工作竟然可以持續四十五年？更是不可思議。

年輕世代可以為了興趣而工作，可以為了理想而工作，更多時候，他們的工作是為了自己而不是別人。這或許就是所謂的世代差異吧。

前幾天，心梅向我抱怨，說是原本有意接手生意、讓她可以順利退休的大女兒，改變了計畫，決定和去英國念博士班的丈夫一起出國，女兒很興奮的說，她想去英國研究音樂劇的計畫已經很久了，不能放棄這個大好機會，請心梅一定要支持她。

「英國學費很貴，消費也很高，我看我又得多撐幾年，沒那麼好命，說退休就退休了。」

總是為他人著想，不斷努力工作與付出，是心梅的天命。而追尋自己的理想生活，又能得到支持，就是女兒的天命吧。

我依然記得，三十幾年前，台灣經濟最榮景的時代，出現了這樣的口號「爸爸回家吃晚飯」，那些不能回家吃晚飯的爸爸，都在辛苦工作著，他們現在和家人一起吃晚飯嗎？或是孤零零的吃著「孤獨老」的晚飯呢？

而我也記得，在那些加班加得沒日沒夜的年代，曾經有人問：「這真是我們要的生活嗎？」

當時，有人這樣回答：「我們如此辛苦的工作，就是為了讓下一代可以從事藝術、文學，過著他們想要的生活。」

年輕世代的工作目的與我們不同，工作態度當然也不同，如果可以彼此理解，自然能夠相互尊重。

我想像著在春暖花開的日子裡，我輩中人與年輕世代在沙灘上並肩而坐，面向大海，分享著曾經的奮鬥與挫折，也分享著未來的理念與夢想，該是多麼美好的畫面。

氣派的大人

為了新書宣傳接受訪問，在訪談中年輕記者問我，為什麼在許多文壇活動中都沒見到我的身影，感覺我好像是個沒有社交生活的名人。

「難道是因為要照顧父母親嗎？」她問。我立刻澄清：「這和照顧父母完全無關，我一直都是這樣的。」

那天，忍不住的回想起剛剛出版新書、踏入文壇時，我只不過二十歲出頭，因為第一本書就暢銷，引起側目，也招來許多抨擊。三毛姐以過來人的身分，給了我很多寬慰和鼓勵，那些深夜裡和她通電話的時光於我而言，是多麼重要的溫暖和善意。一九九一年一月四日，她以自己的方式結束生命，各家報紙的頭版頭條都是這則新聞，我無法形容自己的震驚與悲痛。

過完農曆年，文壇某位前輩詩人邀請我出席作家新春團拜，我們幾個創作新人約好了一起參加。我帶著雀躍的心情出席，想到可以看見許多知名作家，便覺得像是一場華麗的幻夢。

我和朋友們走散了，迎面而來的是幾位約莫六十來歲的女作家，其中有我一直讀著她的專欄、並且感到景仰的一位。她穿著剪裁合宜的旗袍，看見我掛在胸前的名牌，便筆直向我走來，我聽見心跳加快的聲音，恭敬的喚一聲阿姨好。作家阿姨似笑非笑的說：「原來你就是張曼娟啊。」

這樣的開頭，總給我一種不太好的預感。

她靠我更近，幾乎是耳語一般的在我耳邊說：「聽說三毛的死就是因為你，你的書賣得太好，她受不了啊。」

講完這些話，她邁著優雅的步伐離開，留下我無助的杵在喧譁歡樂的人群中。有片刻時間，我覺得呼吸困難。

三毛的離世，無論如何不可能是因為這個原因。作家阿姨將這樣一頂帽子扣在一個年輕新人的頭上，究竟是何用意？她說出這樣的話已是不可思議，更令我無法置信的是她臉上那種詭祕快意的表情，以及眼中閃爍銳利的光。這一切令我覺得恐怖。

不只是因為受了傷害，更是因為華麗幻夢的破滅。她寫出來的文章是那樣溫厚慈愛，是每個人都希望能擁有的母親形象啊。等我變成前輩作家的那一天，也會是這樣的嗎？這想法讓我不寒而慄。

念博士班的時候，有位女教授在研究所開課，卻因為人數不足可能開不成，助教一個一個拜託我們選修這門課，請我們幫幫忙。我原本對那個科目並沒有太大興趣，後來覺得女教授在她那樣的年代，能念完大學、成為著名學者，是很難得的成就，應該有許多專業知識與人生經歷可以學習，於是就選了課。

等我上完第一堂課，就明白學長姐們聽說我選了這門課，露出欲言又止的表情，是什麼緣故了。連續兩堂課，女教授都在冷嘲熱諷，諷罵的是她在學術界最有名的學生。那位學生也是我們的老師，而且還是我們敬佩的師長。據我所知，這位老師對女教授一直虔敬殷勤的執弟子禮，怎麼會得到如此不堪的評價？

其實，我想聽到的，是女教授如何在重男輕女的時代，走進大學、完成學業，努力在專業領域中修習。我想聽到的是她如何走過大時代的烽火，來到台灣後重建生活，還能進入以男性為主流的學術界，並站穩一席之地。可惜的是，在她的課堂上，我聽見的都是怨懟、自憐、嘲諷，滿滿的負能量。那時的我還在進入大學教書的道路上努力，同時免不了的想，將來等我成為資深女教授，也會是這樣的嗎？這想法讓我十分沮喪。

所幸，人生中可以遇見各式各樣的人，都不相同。念大學的時候，遇見了一位留歐歸國的學者金榮華教授。他穿著一襲長棉袍，圍著圍巾走進教室，為我們帶來許多新的啟發與衝擊。絕不是傳統中文系的思維，卻讓我們看見了世界的深度與廣闊。那時候我心裡想著，這真是我見過最好看的中年人了。金老師溫和、堅定、寬厚、包容，對於學生優秀的表現毫不保留的肯定，給了我很大的鼓勵。

畢業之後，我仍與金老師保持聯絡，每次出書必然寄上請求指正，老師也一定會打電話來溫煦的告訴我他的讀後感。對於我每一次創作主題與風格的轉變，老師是最理解的。有時候我們坐下來吃飯或者喝咖啡，聽老師說他的見聞與經歷，總是新奇，令我讚嘆不已。

三、四十年來，我沒聽過他嘲諷或抨擊任何人，這些事彷彿從沒上過他的心；他的雙眼望著很遠的遠方；他的胸懷有太多美好珍貴的事物。

有一回，我們談到了流行用語「羨慕嫉妒恨」，我說我已經可以停留在「羨慕」的階段，再不會有「嫉妒」，更不會產生「恨」了。「去日苦多，愛都來不及了，幹嘛還要恨呢？」我說。

金老師微笑著點點頭，他說：「到了我這個年紀，看見別人的好，連羨慕都不必了。」停頓一下，然後說：「羨慕還是有想望的，純粹欣賞吧。」

去掉嫉妒也去掉羨慕，只要純粹欣賞就好。就像是欣賞荷花開滿的池塘；旋開旋落的曇花；毛羽絢麗的鳥雀；深潛藍海的鯨豚……真是太美了，如此讚嘆著。

當我們可以欣賞他人的成就與收穫，覺得世界因此更加豐富，不必覺得不安或嫉妒，甚至說出自貶身價的苛刻言語，那才真的是氣派的大人。遇見了這樣氣派的大人，讓我對老去增添了許多期待。

世上只有兩件事

「我終於忍不住的發作了。」

昔日夥伴愛琦打電話給我時，有著掩抑不住的興奮，「我問她們，別人談戀愛關我們什麼事？一天到晚講別人的八卦，不覺得很無聊嗎？」

愛琦碩士畢業後考上某高中教師，與同科的幾位老師相處融洽，直到其中兩位發生了三角關係，愛上同一位男同事，從此幾個女人的世界分崩離析。在情場上敗陣的女老師得到了其他幾位的支持，至於獲勝的那一位則被孤立排擠，只有愛琦還與她說話。

敗陣女老師後來離職出國深造，奇妙的是，這樣的對立氣氛依然持續，完全無關的局外人每聚在一起就議論不休、捕風捉影。愛琦常常保持沉默，可是心裡很不舒服，不管是餐敘或出遊，她聽見八卦啟動時便坐立難安。

「我總有一天會爆發，對她們大吼：『你們夠了沒有？煩不煩呀？』」我笑著看她，搖搖頭，知道她有愛好和平的個性，不會這樣做。

那一天，女老師們聚在一起，再度七嘴八舌聊是非，突然對她說：「聽說他們最近比較少來往，是不是要分手啊？還是又出現第三者啦？愛琦你去打聽一下嘛。」

愛琦覺得有什麼熱辣辣的東西已經衝到腦門了，她強自壓抑，勉強反問：「為什麼要我去問？你們自己去呀。」

「不就你跟她比較熟嗎？我們都不理她了，要怎麼問啊？不會很奇怪嗎？」就在這一刻，愛琦終於忍無可忍了，既然連話都不講，為什麼還要八卦人家的生活和情感？

「其實，她們每個人都有自己的問題，不去面對，只會議論別人，真是莫名其妙。」愛琦說出了八卦事件的核心，喜歡搬弄是非或是傳播八卦的人，也許是藉由他人的問題來逃避自己的人生吧？如果想要將自己的生活安排得井然有序，遇見困難或問題就面對，思考解決方式，嘗試著過好每一天，是需要花費許多時間與心力的，哪有那樣的精神管閒事？哪裡需要咀嚼他人生活的殘渣來餵養自己？

曾經，我也是那麼在意著別人對我的議論，覺得自己被誤解了，便委屈得想要辯解；自己很想做的事被譏諷或勸退時，也為得不到支持而黯然神傷。直到我看見這樣一句話：「世界上只有兩件事，關你屁事和關我屁事。」瞬間豁然開朗，我們那麼在乎別人，實在是因為沒有把界線畫開的緣故。

大多數的煩惱，都是因為我們把自己的事和別人的事糾結在一起，自己的事處理不好，卻想干預別人的事。

我在演講時，分享了「兩件事」的界線，以及釐清兩件事後，能為我們掙脫多少束縛，獲得多大自由。

我看見許多中年人笑了，如釋重負的笑容，真的很美。

別人是天堂

——自己卻走進了地獄

見晴和欣雨都是我的學生，她們都很優秀，原本也是很好的朋友。見晴出國留學的歡送派對上，欣雨並沒有出現，引起一陣猜疑。見晴說：「欣雨要面試，也是沒辦法。」我知道這兩個好朋友除了彼此欣賞，也存在著幽微的競爭。

欣雨身在單親家庭，還有兩個弟妹，只好不斷打工。為了打工，她犧牲了睡眠，犧牲了與朋友相聚，甚至放棄了愛情。見晴總是打扮得漂漂亮亮、容光煥發，不僅追求者眾，偶爾還有個高大的護花使者開名車來學校接送。畢業之後，欣雨馬不停蹄的面試找工作，見晴的父親卻要送她出國留學，這件事，似乎就是壓垮駱駝的最後一根稻草。

見晴出國後，欣雨曾經來找過我，她說見晴是個很好的女孩，也是個很棒的朋友，只是她的存在不斷提醒著自己的不幸。「她有很好的家庭、很棒的父母，連愛情都那麼順利。為什麼別人有的我都沒有？」我喝了一口茶，強抑下想說的話。其實，別人的美滿和樂裡，也許有著無數的裂痕與創傷，只是不為人知而已。

見晴雙親的結合並不被家中長輩認可，她的母親受盡歧視、欺凌與壓榨，做為長女的見晴成了母親的捍衛戰士，然而，只是孩子的她，哪裡承受得了這一切殘酷？從小學起，她就陸續崩潰過好幾次，要靠藥物治療才能繼續生活。父母一直想送她出國、遠離風波，她怎麼都不願意，直到那位家族指定她嫁、而她一直都不喜歡的「護花使者」糾纏不清，她才決定出國。這一切如果見晴不說，又有誰會知道呢？見晴的母親在一次激烈的家族衝突後，到學校來找我，希望我能幫助見晴，我才知道這女孩看似陽光的明亮容顏裡，隱藏了多少痛苦。

欣雨雖然經歷了父母離異，父親毫不理會他們母子四人的生活，可是，一家人的情感更緊密了。在匱乏中，他們學會凡事靠自己，彼此支撐、相互倚靠。在我看來，欣雨活得比見晴更自在，她的笑聲也總是那樣嘹亮。

小時候我的學習成績低落，父母親常常嘆氣：「別人家的小孩為什麼都能考一百分，你就做不到？」等到我真的念完碩士、博士，在大學教書，母親又充滿不平的說：「我的女兒條件也不比別人差，為什麼偏偏嫁不出去？」當然，我聽過更多抱怨，像是「別人的老公……」、「別人的老闆……」、「別人的車子……」網路上有一句潮語：「別人的○○總是不讓我失望」。

彷彿別人的都比自己的好，別人才是天堂。太多時候，人們處於羨慕與嫉妒的情緒中，感到不平，日夜難安，如同承受著刑罰。別人不一定在天堂，自己卻先走進了地獄。

朋友圈圈在深秋出發，前往日本，這次設定的目標是「看見」富士山。這目標並不容易達成，許多人都遠望過富士山，卻是不識此山真面目。因為，富士山原本就是不容易清楚看見的一座山。最佳的觀賞時節是十一、十二月，一日間最佳的觀賞時間則是上午八點鐘，過了中午就很難見到全貌了。可想而知，觀賞者所在的位置也非常重要，有些人為了看山逗留整整一個星期，卻還是敗興而歸。

圈圈為了這次旅程，特地訂了要價不菲的河口湖景觀飯店。行前安排了職務交接；家中大小事務也都預作妥善處理，花費了許多心思。

圈圈一大早從高雄出發，小港機場的輸送帶發生故障，行李過不了X光，乾耗了許久，好不容易登機起飛，飛到中途，飛機發出錯誤訊息，折返桃園機場等待檢修。看見圈圈在臉書發文時，以為她已經抵達日本，定睛一看，竟然在桃園機場打卡，真是大吃一驚。一波三折，等她終於到達目的地，已經是夜晚了。

過了兩、三天，圈圈總算住進河口湖飯店，透過玻璃窗，看見了在雨霧中若隱若現的富士山，那是個懸念般的窗景，不確定能不能如願以償。

第四天清早，圈圈的旅伴仍在香甜夢中，她已經來到最佳觀景點，專心誠意的等待。日出之後，山頂被白雪覆蓋的富士山，整個兒呈現在眼前，以那樣優雅而完美的線條。她看見了富士山，感動不已，而我分享了臉書上的那個瞬間，也感覺無限療癒。

為她感到高興的人當然不少，卻也有人發出「上天真的不公平」、「為什麼我都遇不到這種好事」這類的怨嘆。

就像是人生的許多時刻，同樣走在尋找真愛的路途中，別人找到了真愛，我卻仍在茫茫人海中飄浮，難免感到失落，繼而陷入低潮，彷彿他人的擁有就是我的損失。可是，仔細想想，他人擁有的不見得適合我，為何卻無法擺脫憂傷不平的情緒？

人生的許多苦惱，可能都是這樣的——並不是發生在自己身上的壞事，而是發生在別人身上的好事，令我們悵然若失。

人生如此短暫，我們不可能經歷所有、得到一切，因此，我願因朋友的快樂而快樂，因朋友的幸福而幸福。當朋友看見富士山，我彷彿也見到那座神祕的山向我展露笑顏。因著他人的喜悅而滿足，世界於我，會變得更美好，也更寬闊。

快樂一半，憂傷一半

一天天逼近過年，上菜市場買菜的人愈來愈多，無時無刻街道都那麼擁擠，年貨大街是我根本不敢踏入的地方。小時候期待過年的歡欣雀躍，已經一點都不剩了。

大樓電梯裡，貼出春節期間收垃圾的時段，提醒大家什麼時候要把垃圾清出來，我緊張兮兮的記著那些收垃圾和不收垃圾的日子，彷彿這才是年節裡最重要的事。而後，一張資源回收車的告示，角落裡的幾行字吸引了我的注意，它的標題是這樣的：「難分難解，我們幫您處理。」

哪些物品是很難處理，需要資源回收車來幫忙的呢？「家戶廢行李箱、廢安全帽、廢雨傘、獎杯（座）及長柄掃具。」行李箱、安全帽、雨傘，加上一個「廢」字，使用過後，已經作廢、報廢，自然是只能回收了。可是，獎杯和獎座呢？當初花費那麼多心力去博取而後獲得的東西，怎麼會成為廢棄的回收品呢？

自小到大，我從沒得到過任何一張錦旗或獎狀，更別說是獎杯或獎座了，那是優秀的人才會擁有的，像我這樣一個各方面都沒有傑出表現的孩子，想都不敢想。我看著一次又一次比賽，大家為了爭取名次和榮譽，有廢寢忘食的；有結黨結派的；有相互攻擊、反目成仇的。

父親曾經對我說，他常常看著同事的孩子們領獎狀獎學金、接受表揚，覺得很羨慕，不知道要等到哪一天，才能看見自己的孩子上台領獎？少女時代學業成績很不好的我，只能默默不語，在心裡對父親說：「爸爸，對不起，我沒辦法完成您的心願。」若干年後，倒是因為創作，參加比賽，得了一些獎杯、獎座，開開心心捧回家，也見到了父親欣慰的笑容。

然而，那些獎杯、獎座放在櫃子上，雖然也曾被來訪親友看見，發出了「哇！好厲害！」、「真不簡單耶。」這一類的讚嘆，但是，多半時候，它們也就像是櫃子上的其他擺設，一片雙面繡、一把紫砂壺……在歲月裡黯淡了。獎杯或獎座多半是金屬質材，鏽蝕的速度很快，十年左右就很滄桑。十年一過，當初得過的獎也變得無足輕重，自然而然成為準廢棄物。

如果，一個年輕人為了想要得獎，耗盡心力卻一無所獲。當他偶然看見街邊等待回收的廢棄物中，有他最想得到的那座獎杯，會不會在瞬間領悟？或者崩潰？

得到獎杯與失去獎杯，其實殊途同歸；人生不會因為一座獎杯就一路順遂，也不會因為沒有獎杯就注定成為人生「魯蛇」。

這些道理年輕時不懂，懂得了已不再年輕。

歲末時和幾個年輕友人聚餐，聊起彼此一年來的遭遇和心情。

群安是個很有才華的男生，他在平面設計上常有令人驚豔的表現。機緣巧合下，他進了一家心嚮往之的設計公司上班，許多工作堆積著，彷彿沒有下班時間，雖然收入增加了，可是個人時間卻減少了。他以前最愛的就是沒有目標的閒逛，看見特別的咖啡店就進去坐坐；經過電影院如果想看電影，立刻買票入場；隨時可以去河堤騎腳踏車。現在想起來都覺得宛如前世，或者一切都只是想像。他覺得矛盾，不知道這是不是自己想要的生活。

另一位是近來成為網紅的小艾，她與美食主義者男友交往三年，眼看要結婚了，男友卻突然調到了上海拓展業務。

當時她曾問過我們：「我說要跟他一起去，他竟然說，這樣壓力太大，還是先各自打拚一下比較好。這樣是不是有問題？」

沒有人能給她答案。半年後，男友給了她答案：因為有了第三者，提出分手。

小艾飛去上海好幾次，直到男友結婚才死心。心雖然死了，情難斷絕，很想念的時候，她就把以前和男友吃過的美食，一道一道做出來，拍成影片上傳。一時興起，還替每道菜取名字，像是「春蠶到死絲方盡」，是蠶豆和粉絲的料理；「蠟炬成灰淚始乾」則是臘肉炒豆乾，這個「失戀飲食物語平台」竟然大受歡迎。

小艾說，小時候家裡是外食族，從沒見過母親下廚，根本不知道自己竟然有料理的創意和天分。因為失去了愛情，反而激發出潛能，這樣到底是好事還是壞事？

我的年輕朋友，都是在人生道路上開始起步的人，所以，常常在掂量著得與失，把自己想要的和不想要的放在天平兩端，當不想要的那一邊沉下去，就覺得不開心，總希望想要的那一邊是沉的，愈多愈好。可是，到了我這樣的年紀，已經明白，得與失根本就是一體兩面，它們從來不是獨立的個體。像天平這樣的東西，早就從我心裡移除了。憂慮煩惱猛烈來襲的時候，我學會調整呼吸，與它們並存，並且等待著暗影漸漸退去、快樂再次蒞臨。快樂的時候也不再覺得理所當然，而是更珍惜每一個瞬間。

很多時候，感覺都只有一半；快樂一半憂傷一半，喜歡一半討厭一半，不多也不少，正好一半。因為只有一半，或許才是最好。

這是我的中年體悟。

人生難得自主時

上一回坐在手術室外面，約莫是一年半以前，為的是等待父親動髖關節手術，除了我之外，還有母親。

年事已高的父親，因為精神出狀況，必須靠安眠藥物才能入睡，他吃了安眠藥，昏昏沉沉的，在臥室裡摔了一跤，髖關節斷裂，必須開刀重建骨頭，否則就得要臥床了。我和父親沒有太多討論就決定了手術，因為臥床是我們最不想要的狀況。

術前，麻醉醫師與我諮商，特別提到父親年紀大，既然要全身麻醉就得插管，插了管之後是否能立刻拔除，就得視個別情況了。插管也是父親很不想要的選項，可是在那個時刻，我只能接受，並祈禱手術成功。當天晚上我還有一場早就預定的演講，也來不及取消了，在手術室外只能等待。

幾個小時的煎熬太漫長，父親被推出觀察室時已經清醒，身上一條管子都沒有，我感激得想哭。他完全沒感覺自己動了個手術，還一直問我們：「我開過刀了嗎？怎麼好像做了一場夢一樣，什麼感覺都沒有？」看見傷口上的包紮，才比較有了現實感。

這一次，則是陪母親做個切片小手術，逐漸失智的她愈來愈缺乏現實感，推進準備室後，我被護理師叫喚好幾次，說是母親的血壓太高，他們無法施行麻醉。原本以為很簡單的事，竟然遲遲無法進行。吃過血壓藥的母親，正在等待血壓下降，我想，她一個人待在裡面，應該覺得很害怕吧。

印籍看護阿妮雖然與我們一起來，但見到同鄉之後，立刻進入熱絡聊天模式。我自己一個人，坐在離手術室最近的椅子上，以防任何狀況發生。

手術室的門開開關關，有些人是用病床推進去的，有些人是自己走進去的。護理師不時高聲叫喚著：「某某某的家屬。」似乎每位病患都是有家屬的，但再過個十年、八年，恐怕「沒有家屬」的病患會愈來愈多，而單身的我就是其中之一。屆時又會出現什麼樣的商機呢？會不會有「臨時家屬」的新工作產生？

有位病患被叫到名字，一邊把背包交給身後的家屬，一邊往手術室跑，只聽見護理師喊著：「手機不要！手錶不要！什麼都不要！」病患一樣樣回身遞給家屬。

到了生命中某些重要時刻，原來真的是什麼都不要。等到家屬也不要的我們這一群人進入手術室的時候，又會是什麼樣的光景？

二〇一九年八月一日，和父母一起去醫院，簽下「預立醫療決定書（AD）」的那一天，我們都起得挺早的。我為母親挑選了藍綠色的條紋上衣；父親穿上他最喜歡的粉灰色襯衫；而我則穿著新買的白色T恤，像是要去參加盛宴那樣的莊嚴喜悅。

臨行前，我問母親：「我們要去哪裡？」輕微失智的母親回答：「去醫院，決定自己要怎麼走。」

母親只是輕微失智，還可以為自己做決定，我感到十分欣慰。

其實，在好幾年前，我和父母都已經簽署了「預立安寧緩和醫療暨維生醫療抉擇意願書（DNR）」。我先與工作夥伴互為見證簽署，而後，將簽署書帶回家，放在餐桌上，什麼話也沒說。父親看完簽署書之後很開心，他說：「這個太好了！我們必須要簽。」身邊有幾位插管臥床的朋友，父親心中相當恐懼。

有一位伯母，也是從大陸來台灣的，當父親年輕當兵時，休假了無家可歸，便去「大哥大嫂」家蹭飯吃。雖然彼此沒有血緣關係，卻因為「同是天涯淪落人」，相濡以沫。父親結婚成家後，兩家的關係依然黏著，雖然一北一南，我們還是常搭長途火車去拜訪伯父、伯母。後來，他們搬遷來台北，感覺更親近了。

十幾年前，伯父無病無痛的在睡夢中悄然離世，雖然令人悲傷，父親卻一邊拭淚一邊說：「大哥是好人，上天給了他善終，這就是好人有好報。」當父親過了八十歲，也常提起：「如果可以像大哥這樣，真是我的造化了。」我總是不知說什麼才好。這種善終，是很多人的追求吧？卻不是我們能夠作主的啊。

過了幾年，伯母中風，又摔了跤，體力退化很快，不久就失智、臥床、插管了。雖然，她受到兒子很好的照料，生命延續著，卻成了植物人。父親生病之後，還常堅持去探望大嫂，艱難的爬上二樓，看見大嫂的那一刻，便忍不住悲從中來，痛哭失聲。回到家一遍遍的對我說：「我不要插管、不要急救，我不要那樣活著。」

他是個老兵，走過那個天崩地裂的時代，經歷了太多死亡與毀滅，老後又被罕見疾病拖磨，一生彷彿都在戰役中，而他最大的恐懼是無法離開戰場，真正除役。

將近四年前，他的狀況一度危急，在人馬雜沓的急診室裡，喘息著拉住我的手，吃力的說：「不要插管、不要急救，你，要做到……」

我安撫著他，對他說：「別擔心，不會有事的，我會保護你，別怕。」

話是這麼說，其實我心裡更怕，怕自己無法為他作主，雖然他已經簽署了意願書，但我聽說過一些悲慘的故事。

其中一個是某位退休大學教授，兒子出國念研究所，就留在國外發展了。教授妻子的夢想是兒孫環繞，於是教授退休後便偕同妻子一起去投奔兒子，成為兩個孫子的保母與玩伴。媳婦說得很清楚，要住在一起，就得換大房子。教授傾盡退休金為兒子購入新居，然而一年後，妻子心臟病猝死，媳婦認為是國外的環境不適合老人家，強烈建議他回台灣。

教授回到台灣，賣掉了原本的房子，當作生活費，與單身的女兒住在一起。之後他的體力愈來愈衰退，便簽署了DNR，然而，當他嚴重中風，已經三年沒見面的兒子突然從國外趕回來，在醫生詢問家屬醫療意見時，堅持要讓父親插管。醫生幾度重申，插管後也只是植物人；女兒也強烈反對，說父親已經簽了DNR，兒子卻大發飆：「你就是不滿爸爸沒幫你買房子，不想再照顧他，所以不同意插管吧？我告訴你，無論如何必須救到底，不能讓人家說我不孝！」

而後轉頭對醫生說：「不救我爸，我告死你！」

醫生無奈，只得進行插管。教授插管維生，不死不活的過了三年。

如果教授當初簽的是AD，而不是DNR，那麼，在法律保護下，醫生依然可以執行當事人的意志，兒子也沒有提告的權利。

父親一直關心著AD法案進行的狀況，他在報紙上看見已經通過的消息，便展示給我看，說：「你要幫我做這件事，這個非常重要。」

在當事人意識清楚的時刻，可以為自己的最後一里路做決定——不插管、不急救、不要成為植物人。

簽署AD時，先到醫院進行諮詢，而後需要兩位血親做為證人，父母親正好成為我的見證。原本以為會是百感交集、忍不住落淚的場面，然而，將我的生命帶到世上的兩個人，在簽署書上寫下名字，幫助我決定離開世界的方式，卻讓我覺得神奇，充滿幸福的感動。

人生在世，最重要的就是生與死。生，已成既定事實，那就為死做決定吧。我希望自己和父母在到站下車的那一刻，可以清清爽爽的啟程。

人生難得自主時，這一次，我為自己做決定。

孩子不是我們的未來，老才是

你以後也會老

那一天，我被小黃司機罵了，他很生氣，我卻覺得心中一片暖意。

事情是這樣的，自從父母親老邁，行動愈來愈緩慢之後，我們出門都搭小黃。為了不讓司機等太久，覺得不耐煩，我總在開車門的一瞬間，對司機說：「老人家動作慢，可以先按錶喔。」

有些司機就按了錶開始計費；有些司機很客氣，笑笑的說不用先按啦，慢慢來。對於前者，我覺得心安；對於後者，則有更多的感激。

那一天，我攔下一輛小黃，像往常一樣請司機先按錶，那位頭髮花白的司機先生轉頭看了看正努力上車的父母親，突然大聲嚷著：「為什麼要先按錶？人都還沒有上車是要按什麼錶？老人家慢慢上車有什麼關係？真的是很奇怪ㄟ……」

直到我們全體上車，車子開了一小段，他還是持續碎念。雖然對我凶巴巴，卻很貼心的幫前座的父親繫安全帶，還轉頭問後座的母親冷氣會不會太冷？我的心中湧起一陣暖意，彷彿是不明所以的被撫慰了。

前兩年父親摔斷了腿，出門需要坐輪椅，卻又堅持搭公車，所幸家門口就有低底盤公車。我們遇見的公車司機都很好，願意降下車身、架好坡道，幫忙輪椅上車，全程差不多要耗費兩到三分鐘，所幸車上乘客也都耐心等候。我聽說有公車司機拒載輪椅族，還用廣播器大聲廣播：「全車乘客一致性意見不能等你！」

公車揚長而去，而那位被拋下的輪椅族已經等了三十分鐘，還得再等三十分鐘。這分明是「一致性的霸凌」，一種野蠻的傷害。

三年前的某一天，因為要上課，我無法陪父親出門，於是外籍看護推著輪椅帶父親搭公車，公車司機看見了父親，也聽見了他要上車的請求，卻關上了車門。趕時間去醫院就醫的父親爆炸了，看護說父親大聲怒吼：

「你以後也會老！你以後也會老！」

車子都已經開走了，還在喊，你以後也會老。

我想著父親的憤怒與無助，甚或還有屈辱，感到非常悲傷。

我知道他的怒吼是想喚起司機的同理心，可惜，「老」這件事，是許多人想都不願意想的未來。

如果連想都不願意想，又怎麼能夠面對呢？

四年多以前，我曾在電梯裡遇見一位鄰居少年，他問：「那兩位很老很老的爺爺奶奶，是你們家的，對吧？」

我還沒回答，少年已經走出電梯。當時的父母行動自如、頭腦清晰，一切生活皆可自理，我知道他們老了，卻沒意識到他們已經「很老很老」了，父母親真的有那麼老嗎？少年離開之後，我還在想。

一個月後父親進了急診室，老，鋪天蓋地席捲而來，總在猝不及防的時刻。

何必很震驚

其實我不反對醫美，也不是沒想過醫美，只是遇見過幾位年長的朋友，他們迷人的風采和雋永的談吐，深深吸引我。雖然容貌確實不再青春美麗，我卻覺得他們連皺紋都那麼好看，令人移不開目光。我想和他們一樣，想要對自己的老去更安然若素。

我們的社會對「老」充滿歧視與醜化，每隔幾天，就能在網路上看見某位資深明星的近況報導，有圖有文，可能是和朋友吃飯、去市場買菜、在街上行走，標題通常都是這樣下的：「多年不見，○○○的近照令人震驚！」感覺相當聳動。點進去看看圖片有多令人震驚，才發現當年的青春玉女或是魅力帥哥變成了中年人。只是中年人，距離老年都還有一段相當的歲月呢。他們的身形不復當年纖細，腰變粗了，或許還生出了小腹，頭髮有些花白，臉型圓潤或是瘦削了，衣著當然也不像當年的光鮮亮麗。從幕前退下之後，成為一個尋常的中年人，到底有什麼「令人震驚」之處？還是因為我天天看著自己的中年容顏，早已見怪不怪了？

有一次，報導中出現的是一位二十年前的當紅玉女，在她三十歲之前，為了結婚生子，毅然決然退出娛樂圈，銷聲匿跡一段時間。二十年後，被狗仔拍到的她，正在健身房裡做運動，標題依然是「二十年未見，如今的容貌令人震驚。」我感到「震驚」的是，年近五十歲的她依然保持著纖細的身材，穿著緊身運動衣，繃出了完美線條，化著淺淺淡妝的臉龐與當紅時沒有太大差異，反而是因為此刻的自在生活而更放鬆，笑容可掬，看起來更美了。

記者敘述時也寫道：「如果不說的話，沒人相信她已經半百了，因為她各方面都維持得很不錯。」

然而，這篇報導是這樣結束的：「話雖如此，但是，現年五十歲的她，與二十五年前相比，依然顯出了歲月的痕跡，令人唏噓。」

五十歲的人與二十五歲當然不能比，這是最普通的常識吧！狀態保持如此完美的女星都被奚落，我認為這些報導中隱藏的是一種「恐老情結」，只要不再年輕就會「令人震驚」。

悲哀的是，人活著活著就老了，無人可以倖免。有些明星與名人為了不「令人震驚」，於是選擇了醫美，結果如何？更多的嘲諷與惡意訕笑四面八方湧來，好像不能以「真實面目」示人，就是一種欺瞞的罪行。

女人的老，比起男人的老，似乎是更嚴重的「錯誤」。

最近的例子就是好萊塢偶像明星基努．李維和他的銀髮女友，終於公開戀情，攜手曬恩愛。基努．李維被稱為「全世界最寂寞的男神」，二十年前，他的前女友意外過世，他似乎封閉了心靈，過著離群索居的生活。他常常都是獨來獨往，獨自搭乘地鐵，坐在路邊喝可樂，過著普通人的平凡生活。而後，他遇見了 Alexandra Grant 這位女性朋友，兩人有相同的愛好與興趣，都喜歡藝術和慈善活動，還一起創辦出版社，成為合夥人。經過十年時間，兩人才從朋友變為戀人。因了解而相愛，不是最令人安心的關係嗎？他們追求的不是彼此的美貌、錢財、名聲，只是想要在往後的人生成為伴侶。這是心靈能量旗鼓相當的伴侶啊。

消息曝光之後，當然有許多人為基努．李維感到高興，卻也必定會有媒體和網友，對Alexandra Grant的銀白髮色與未經醫美的天然樣貌訕笑嘲諷。人們已經習慣了媒體上不斷醫美、不肯老去的容顏了，這樣毫不介意的呈現真實年齡，彷彿是一種冒犯。然而，巨星級的基努．李維見過多少傾國傾城的年輕美女？完美無瑕的臉蛋、傲人的身材，舉手投足都是女神風範，可惜，那些女子都沒能打動他。

他願意把愛情與靈魂交託給Alexandra Grant，正因為這才是他真正渴望的女子；他不是用視覺審美，而是用靈魂審美。

其實，Alexandra Grant並不是「老女人」，她比基努．李維還小九歲呢。她只是沒有努力的維持或加強自己的青春外貌而已，她加強的是別的部分，那可能是這對戀人覺得最重要也最可貴的。因此，在基努．李維眼中，她的美麗無可取代。

當台灣即將進入超高齡社會，活到八、九十歲的人只會愈來愈多，看見媒體一面倒的「恐老情結」，我才覺得真是「令人震驚」呢。

人為什麼要老？

老，是我們從未學習、也避免思考的事，當它赫然降臨時，只能驚惶無措、困惑惱怒。父親剛過八十歲時，聽力明顯下降，加上不明所以的罹患了罕見疾病紫斑症，天天服用大量的類固醇藥物，心情很低落。有一天早晨，我從睡夢中驚醒，聽見他號啕的哭聲，痛徹心扉的問：

「人為什麼要老？老了為什麼這麼悲哀？」

他是家裡最老的，沒人能回答他的問題，也沒人知道他還會比老更老。

從那時開始，我就在思考老的意義。

人從小到大，學習規矩、辨別是非、努力向上，爭取更多的資源與社會地位。當我們老的時候，應該要活得更自然，而不是更成功。明白了生老病死亦如春夏秋冬，一片欣欣向榮的葉子，到了最後的季節，便是要枯萎、要凋落的，一陣風過，輕輕的飄落在土地上，永遠的睡去了。

在永遠睡去之前，我們還有機會可以回溯自己的人生，那些該道謝的、該和解的、該承擔的、該放下的，都能好好去做，無所畏懼。

孔子曾經說：「君子有三戒：少之時，血氣未定，戒之在色；及其壯也，血氣方剛，戒之在鬥；及其老也，血氣既衰，戒之在得。」這段對於老的論述，我是頗為同意的。孔子勇於面對老年身體機能只會變得衰弱的事實，於是，需要戒斷的是還想獲得的心態。想要得到更多錢財、更多注意力、更多主控權、更多晚輩的關心……往往成為痛苦的來源，也讓照顧者感到困擾。

既然血氣已衰，就該心平氣和，對身邊的人多些體諒與同理心，對天地萬物有更多感謝，不要再想著獲取什麼，而是願意多付出一些。當我們離開世界的時候，原本就是什麼都帶不走的，為何不在可以作主的時候，主動給予和付出呢？不求回報的付出是真正的快樂，一次又一次付出，愈來愈多的快樂，臉部的線條柔和了，自然散發出令人想要親近的氣場。

走過年輕與壯年，在情感的糾結纏繞與職場的明爭暗鬥之後，終於來到老年，從焦躁煩悶走到清涼之地，不是上天的恩賜嗎？讓我們可以放下許多重擔，整理出一個更和諧美好的世界，而後好好告別。如此想來，老年真是人生不可缺乏的一個重要階段，讓我們有機會漂亮退場，留下善意與溫情。

去外地演講那一天，從高鐵站搭小黃到會場，沿途看見一面巨幅競選廣告，上面寫著幾個字：「孩子，是我們的未來。」我問自己，孩子是我們的未來嗎？我們的未來是孩子嗎？現在的中年人還將養老的沉重責任放在孩子身上嗎？我遇過好幾個已婚有孩子的朋友，都對我說：「不是只有你要孤獨老，我們也準備好要孤獨老了。不可能把未來的希望放在孩子身上。」

在演講會場等候的大多數是中年人，我問他們：「孩子，是我們的未來嗎？」有人點頭，有人露出疑惑的表情，我懇切的說出了我所相信的事：「孩子不是我們的未來，老才是。讓我們一起面對吧。」

接住正在墜落的人

老師接住了學生

在一次演講中，我邀請在場聽眾，對生命中最值得感謝的人表達謝意。有個年輕女孩站起來，她說：「我最想感謝的是我的老師。」

女孩的年紀看起來也就是高中剛升上大學的樣子，我問她，想要感謝的是什麼時候的老師？她說，從小到大，很多老師都值得感謝。「有好幾次，當我感覺自己正在墜落，都是我的老師接住了我。」

那一刻，包括我在內，許多老師應該都感受到內心的震動吧。一個好老師，確實就是準備要接住正在墜落的學生的人。

然而，有許多人生命的困擾，正在於找不到人願意接住自己。

我聽過心理師許皓宜分享一則真實案例。國外有位精神科醫師，定期為一個自殺未遂的女病患看診，有一天，女病患告訴醫師，她將從醫院頂樓跳下來，請醫師務必接住她。

這當然是不可能的任務，然而，女病患已經在頂樓作勢將一躍而下，醫師也只好連忙來到現場，硬著頭皮，紮好馬步，準備接住。可是，等了許久，都沒有動靜，而後，女病患來到醫師面前，對他說：「謝謝醫師，你剛剛已經接住我了。」

女病患等待那個願意接住她的人，不知道等了多久，終於確定知道有人會接住自己，也就不必墜落了。她的貴重價值已經被肯定。

若干年前，我在大學教書常常兼任導師，每個學期都會有一次和導生喝下午茶，或是請他們吃午餐。在吃吃喝喝、談談笑笑的時候，我也會和每個大孩子聊聊天。對於大學生活的感受、選修哪些課程、未來人生規劃……這都不是我的話題。

我的話題常常是：「從外地來台北生活，會不會覺得孤單？」「有沒有談戀愛？對感情生活滿意嗎？」或者更切入核心的問：「生長在單親家庭，最辛苦的是什麼？」

那些大孩子常常顯出詫異的樣子，「老師，你這樣會不會太直接了啦？」而後，他們多半會認真回答問題，講出心裡的感受。甚至與我相約研究室，聊一些「找不到人說」的心事。

有個班級畢業前，幾個常來聊天的學生敲開我的研究室，送來寫得滿滿的大卡片。他們共同的感謝是，我在乎的並不是他們的學習成績，而是他們過得好不好。

「不管成績好不好，我知道老師看我的眼光都是一樣的。」

正因為如此，他們知道自己不管成功或失敗，都無損於自我的價值。這或許也是大學四年，我帶給他們最重要的一課。

父親接住了女兒

和朋友聊到「接住」這個議題，朋友說，前陣子和鬧僵了的女兒和解了。說這話的時候，他的臉龐上閃現無比的溫柔與光輝，稜角分明的堅毅化成了繞指柔。

朋友原本與女兒感情很好，卻因為和妻子離婚，讓女兒相當不諒解。十八歲的女兒決定去澳洲讀書，有種放逐自己的意味，他雖然苦苦相勸，卻沒有效果。那一天，他去送機，看著女兒頭也不回的離開，心也碎了滿地。

澳洲的女兒說自己已經長大，要過獨立的生活，不肯與父親視訊。他們約定每年互寄聖誕卡，算是報平安。

「寄什麼聖誕卡？太老派了吧！現在哪有人寄聖誕卡啊？」女兒抗議。

「就是因為老派，沒有人做了，我們才做，這樣不是很特別嗎？」

「很怪耶。」女兒還是不情願。

朋友在歲末四處尋找聖誕卡，而後才發現，女兒說得沒錯，這件事真是太老派了。書店裡的聖誕卡又少又貴，從當年的鋪天蓋地，變為小小一櫃的陳列。朋友找了許久，最後決定將存在電腦檔案裡的舊照片找出來，印成聖誕卡，寄去澳洲。聖誕卡上是五歲的女兒，胖嘟嘟的貓咪一樣臥在父親懷抱，徹底撒嬌的憨態。

女兒只淡淡的說：「收到了。」沒說其他。

第一年，朋友並沒有收到女兒的聖誕卡，他沒說什麼。

第二年，他持續自製與女兒合照的卡片，女兒回寄了大賣場的聖誕卡，不冷不熱的敘述夏天過聖誕感覺很奇怪，只好吃冰淇淋來降溫。

他們互寄卡片持續了幾年，直到聖誕節前他去醫院裝了心臟支架，回到家，跨了年仍沒接到女兒卡片，打了電話也沒人接，這才感覺不對。

幾番輾轉，前妻告訴他，女兒被男友劈腿，痛不欲生，現在暫住同學家，他問前妻要不要去澳洲看女兒？他出機票錢。前妻對他說：「我每年都去看她，她在等的人是爸爸，不是媽媽。」

朋友在飛澳洲的航程中，想到當年決定離婚時，十六歲的女兒不斷逼問他：「是不是因為有小三？」他否認，告訴女兒只是因為兩個人都改變了，不再適合共同生活了。

女兒突然傷心的哭起來，「是因為我不夠好吧？所以，這個家對你來說，一點也不值得留戀。」

他覺得應該要辯解、要安慰，可是，太多紛亂的心緒讓他不知從何說起。女兒應該是帶著這樣的傷痛遠赴澳洲吧？在飛機上，他什麼也吃不下，只覺得心痛如絞。

看見瑟縮在屋角的女兒時，他感到詫異，彷彿女兒不曾長大，仍是那個年幼的、無助的孩子，連她的身形，也比記憶中縮小許多。女兒看見他，爆哭著喊道：「爸爸，你怎麼現在才來？」

他一直不知道，女兒真的在等他，他只是滿懷愧疚，不知該如何面對女兒，面對一切。

女兒告訴他，當初他們夫妻離婚，她覺得自己被拋棄了。如今男友劈腿，她再度被拋棄，她不知道一生要被拋棄多少次？還是自己真的不夠好，才會一再被拋棄？

朋友對女兒說：「你一直都很好，你是很棒的女孩、很棒的女兒。爸爸媽媽只是分開了，沒有人拋棄你。」

等到女兒冷靜一些，朋友終於有勇氣說出早就該說的話：

「是爸爸不好，沒有把事情處理好，才會讓你這麼痛苦、這麼傷心。」

女兒對他說：

「你是個很好的爸爸，就因為你很好，我才不願意失去你，我才會那麼生氣、那麼傷心。因為你很好。」

朋友與女兒抱頭痛哭，內心相當激動，他從沒想過，在女兒心中，自己原來是個好爸爸。失望了好幾年，也等待了好幾年，父女二人終於「接住」了彼此。

接住最熟悉的陌生人

假若小時候我們渴望被父母接住，這期待總是落空，而後我們成年，父母老了，他們渴望被接住，我們有能力伸出雙臂嗎？

好不容易處理了與子女的緊繃關係，還沒來得及鬆口氣，卻發現父母已經年老，他們的健康狀況衰退，精神卻變得更為亢奮，總有數不完的前塵往事想說，那些被辜負的、被冷落的、被不公平對待的新仇舊怨，喋喋不休。委屈和怨懟拉下他們的嘴角，凌厲了他們的眼神。每一個尖酸刻薄的字眼，都像一枚又一枚酸針，打在最親近的照顧者心上。

「我上次跟你說的，那些可恨的人，你還記得嗎？」

「來，你來，我有很多以前的事要跟你說……」

「不知道我上輩子是造了什麼孽，這輩子這麼不幸啊。」

類似這樣的話語，出自一些垂垂老矣的長輩，他們困在自己築成的愁城苦境中，卻奮力伸出手，想把其他人拉進去，有多少人能甘心受縛呢？

於是，他們得到了這樣的回答：

「這些可恨的人，為什麼還要記得呢？」

「以前的事已經說過很多遍了，那都是你的歷史，並且，一切都已經過去了。」

「我這麼盡心盡力的照顧你，你卻覺得自己很不幸？」

我們心頭雪亮，知道他們只是困在昨日的痛苦中，不斷墜落。我們有時也能同理，他們其實是藉由永不止息的抱怨來博取同情，引人注意。然而，聆聽著這些抱怨的同時，我們心中也在吶喊：

「從小你就沒有稱讚過我，讓我覺得自己一無是處，所以總是委曲求全，讓在意的人予取予求。」

「當年我懇求你支持我，讓我做喜歡的事，你卻不肯，現在我成了不快樂的人，過著可有可無的人生。」

「當我需要你的時候，你總是不在；現在你需要我，我就得放棄自己的生活來滿足你，太不公平了。」

漫漫人生，大部分的時候，我們都希望墜落時，能有人在下面接住。然而，開始學習去接住他人，才是成為一個大人的必經歷程。接住父母比接住兒女更加不易，因為，孩子受傷是我們造成的，我們受傷卻是父母造成的。

曾經主宰過我們命運的父母，已經成為被命運主宰的老人了。如果我們將自己人生中的失意與挫折全數怪罪他們，那麼，我們與不斷抱怨的他們，又有什麼不同呢？

我們可以做的，是把自己的情緒抽離，暫時當他們是沒有關聯的無助老人，試著聆聽、感受，用悲憫之心，接住他們生命的最後一段。只能一次又一次的練習，練出臂力、練出耐力，也練出了慈悲力。

寫給　獨一無二的自己

國家圖書館出版品預行編目（CIP）資料

以我之名 : 寫給獨一無二的自己 / 張曼娟著. --
第一版. -- 臺北市 : 遠見天下文化, 2020.03
面 ;　公分. -- (華文創作 BLC108)
ISBN 978-986-479-937-4(平裝)

863.55　　109000886

華文創作 BLC108

以我之名

寫給獨一無二的自己

作者 — 張曼娟

總編輯 — 吳佩穎
人文館資深總監暨責任編輯 — 楊郁慧
美術設計 — 謝佳穎（特約）
內頁攝影 — 林宏奕、謝佳穎（特約）
內頁排版 — 蔚藍鯨（特約）

出版者 — 遠見天下文化出版股份有限公司
創辦人 — 高希均、王力行
遠見．天下文化 事業群榮譽董事長 — 高希均
遠見．天下文化 事業群董事長 — 王力行
天下文化社長 — 林天來
國際事務開發部兼版權中心總監 — 潘欣
法律顧問 — 理律法律事務所陳長文律師
著作權顧問 — 魏啟翔律師
社址 — 臺北市104松江路93巷1號
讀者服務專線 — 02-2662-0012｜傳真 — 02-2662-0007；02-2662-0009
電子郵件信箱 — cwpc@cwgv.com.tw
直接郵撥帳號 — 1326703-6　遠見天下文化出版股份有限公司

製版廠 — 中原造像股份有限公司
印刷廠 — 中原造像股份有限公司
裝訂廠 — 中原造像股份有限公司
登記證 — 局版台業字第2517號
總經銷 — 大和書報圖書股份有限公司｜電話 — 02-8990-2588
出版日期 — 2020 年 3 月 31 日第一版第一次印行
2024 年 1 月 16 日第二版第七次印行

定價 — NT 360 元
ISBN — 978-986-479-937-4
書號 — BLC108
天下文化官網 — bookzone.cwgv.com.tw